日知文丛

葡萄为何愤怒

杨　靖　著

浙江古籍出版社

图书在版编目（CIP）数据

葡萄为何愤怒 / 杨靖著 . -- 杭州 : 浙江古籍出版社 , 2021.11

（日知文丛）

ISBN 978-7-5540-2117-0

Ⅰ . ①葡… Ⅱ . ①杨… Ⅲ . ①外国文学－文学评论－文集 Ⅳ . ① I106-53

中国版本图书馆 CIP 数据核字（2021）第 201124 号

葡萄为何愤怒

杨 靖 著

出版发行 浙江古籍出版社
（杭州体育场路 347 号 电话：0571-85068292）
网 址 https://zjgj.zjcbcm.com
责任编辑 伍姬颖
封面设计 吴思璐
责任校对 张顺洁
责任印务 楼浩凯
照 排 浙江时代出版服务有限公司
印 刷 浙江海虹彩色印务有限公司
开 本 889mm × 1194mm 1/32
印 张 5.625
字 数 122 千字
版 次 2021 年 11 月第 1 版
印 次 2021 年 11 月第 1 次印刷
书 号 ISBN 978-7-5540-2117-0
定 价 35.00 元

序

在传统纸媒时代，报刊文章时隔久远，查找不易，故往往需要结集成册，以便收藏浏览。而今步入数字传媒时代，鼠标轻点，应有尽有：不消半个时辰，便可将某人文章一网打尽。以此视之，愚意以为出版文选，似无必要。奈何友人屡屡好言相劝，又热忱代为张罗，盛情难却。于是不揣冒昧，将此薄册恭呈于读者诸君面前，聊博一哂。

文集中所收，乃近年刊发于《上海书评》之随笔评论，篇幅长短不一，体例亦无定规。究其源起，或为编辑指定篇目，或为出版社之嘱托，当然更多平日读写，每有会意，辄必欲一吐为快。仓促命笔，常恨语意之浅；芜蔓拉杂，全无逻辑可言。尽管成书之际，作者已自行增补删改，然交期紧迫，错漏难免。中心摇摇，尚祈诸君明鉴。

本书之选题策划，乃沪上闻人有鬼君一力所为。上海人民出版社范晶女士为我厘清篇目，并校订题名。承蒙京师出版人谭徐锋先生青眼相看，慨然将本书收入浙江古籍出版社“日知文丛”。以上种种，足证《论语》所谓君子“成人之美”，且无愧于作者之“三致意焉”。

本书题名，原为《覆酱瓿集》，自忖太过古雅。其后易名《獭祭集》，师友唯恐生僻。最终由“文丛”主编自二十余篇目中抽取一则，名曰《葡萄为何愤怒》，可谓一锤定音，我心戚戚。昔法国启蒙哲人蒙田编定《随笔集》，刻意将论友人拉博埃西一文置于居中位置，以示纪念。而我今亦如法炮制，将本文充作全书之“核心”，以郑重其事。作者之苦心孤诣，大抵如此。

杨靖

于金陵仙隐依山苑

2020 年 9 月 13 日

目 录

法国大革命的“厌女症”

自玛丽·安托瓦内特（1755—1793）以“人民公敌”罪名被判处死刑，关于这位“断头王后”的著作汗牛充栋，然而关于王后审判的研究却寥寥无几。法国历史学家埃马纽埃尔·德·瓦雷基耶尔近著《审判王后：1793 年 10 月 14—16 日》（曾昭旷译，上海人民出版社，2019）在很大程度上可谓填补了这一空白。

对于王后之死，革命者无不拍手称快，而一班文人雅士却为之痛心疾首。英国著名作家霍勒斯·沃尔波尔（1717—1797）盛赞王后“亭亭玉立时，她是美的塑像；翩翩起舞时，她是优雅的化身”。言下之意，不胜唏嘘。埃德蒙·伯克在《法国革命论》中回忆：“她闪耀得像是启明星，充满生气、光辉和欢愉……那是在凡尔赛宫，她当时还是太子妃，她几乎足不点地缥缈而行，这世间肯定未曾见过更为美妙的图景。”——他的老对手托马斯·潘恩对此评价说：“（伯克）垂怜漂亮的羽毛，而忘却了濒死之鸟。”另一位法国浪漫派夏多布里昂直接宣称：“大革命通过杀死安托瓦内特，杀死了青春和美。”——从此，法国政坛唯余愈演愈烈的暴力恐怖。

为了体现大革命的民主和正义原则，审判王后的革命法庭（或称“特别刑事法庭”），包括富基耶–坦维尔等在内的 9 位法官以及 15 名陪审团成员，后者大多为无套裤汉，即所谓“巴黎人民”的代表——事实上在革命爆发的1789年，他们仅占巴黎总人口2600万的5%。史料证明，经过精心挑选的陪审团成员与富基耶及代理检察官都有私交。出庭的证人前后有数十名，但他们大多是警局的线人和密探——他们出庭指控，不过是“奉命行事”，正如革命法庭全体成员开庭之前已领受罗伯斯庇尔的耳提面命。同时，为防范保王派从中作梗，革命委员会宣布所有“事关重大的”审判都要秘密进行，不允许旁听。

对王后的指控主要集中在公私品行两个方面。从国家利益方面看，由于王后挥霍成性，骄奢淫逸，并对周围亲信滥施恩赏，导致国库虚空，王后由此获得“赤字夫人”的绰号——据说有证人目睹，她曾向其兄长、奥地利皇帝约瑟夫秘密汇出两亿金币。此外，她对革命极度憎恨，法庭上有证人荒唐地发誓：王后曾持手枪，伺机行刺拥护革命的奥尔良公爵（此公在革命中改姓“平等”，以示与时俱进）。由于仇视革命，幻想欧洲君主出兵围剿革命政权并解救路易十六，王后不惜出卖军事情报，目的在于颠覆革命，复辟王权。以上种种，可见王后是不折不扣的反革命分子。

从个人生活方面看，王后生性轻佻，曾在小特里亚农宫举办士民混杂的田园游嬉，并在凡尔赛行宫举行文艺复兴式的假面舞会，借机与陌生男子暗通款曲（传说王后欲壑难填，每晚至少六个男人陪侍，第二天全部杀掉，并抛诸沸水之中毁尸灭迹），“秽乱宫廷”（与一百年后谣传的中国慈禧太后罪名相似）。不仅于此，王后与其女友波利尼亚公爵夫人形影不离，被当时流传甚广的《杜歇老爹报》指为“女同性恋”。更有甚者，还有人指控她“狐媚惑众”，每日生食孩童（肉酱），以养童颜。所有控诉中最令人发指的一则罪状，是她引诱 8 岁的儿子路易十七行“乱伦”之事——仅仅因为后者的供状中有一句：“我睡在妈妈和姑姑中间。”据历史学家考证，上述罪状大多捕风捉影，荒诞不经，王后本人也不屑于一一反驳。唯有听闻最后一条，她转身面向听众，泪流满面，说出下面一番言辞：“如果我没有回答，那是因为自然的天性拒绝回应对一位母亲作出的这种罪责。我恳请此间所有的母亲为我公断。”——据记载，现场有若干妇女因同情王后遭遇而哀恸昏厥。罗伯斯庇尔闻讯则将负责起诉的检察官“杜歇老爹”贬斥为“蠢货埃贝尔”（“杜歇老爹”是埃贝尔早年担任记者时创作出的喜剧人物形象）。

正如 1794 年受审的革命领袖丹东所言，他之前想要一个政治法庭（他亲手创立了这一法庭），之后在这一法庭上，政治却要了他的命——他被禁言并迅速判处死刑，尽管缺乏任何反革命的确凿证据。同样，对王后的指控虽然条目繁多，但真正有力的罪证却少之又少。据王后身边的女仆交代，1793 年国王路易十六驾崩后，王后以国王之礼对待路易十七，处处为他让路，并扶他端坐朝堂最高处——这一“证言”遂成为王后试图“复辟专制”的罪证。另外，突击搜查王后房间，发现一块饰有十字架和圣心图案的布料，是天主教在法国西部旺代地区集结谋反的信物，可以推断王后“亡我之心不死”。更重要的是，卫兵还发现王后妆匣中一块微型蜡质雕像，刻画的是神话人物美狄亚（美狄亚为报复伊阿宋婚内出轨，动手将一双亲生儿女杀死）。由此王后亦被认定为类乎美狄亚的“邪恶女妖”，祸国殃民，罪无可赦。10月16日，她被宣判为“法国人民的公敌”，立即执行死刑。

根据本书作者瓦雷基耶尔的研究，王后在身为“太子妃”时期（路易十五当政）生活的确奢靡，但在四个子女相继出生后，个人生活“颇为节俭”，而路易十六最后几年的财政危机主要是因为法国不遗余力地支持美国革命。以大革命爆发的1789年为例，当年援外的份额占总支出的比例高达41%——国库亏空显然不应由王后买单。此外，真正对王后声誉造成致命打击的是举世震惊的“钻石项链”事件。尽管法院判决本案两位主要当事人罗昂主教和沃卢瓦夫人罪名成立，可社会舆论却坚信罗昂被冤枉而沃卢瓦夫人是为王后顶罪（沃卢瓦夫人逃到英国后对王后大肆诽谤），安托瓦内特乃由之前万人争睹的“洛可可王后”一变而为法国人心目中的邪恶女人，触犯众怒。

令革命派最不能容忍的是王后的“死硬”立场。作为坚定的反革命派，她坚信国王权威不容挑战，王室尊严不容玷污。当法国陷入混乱、王室遭遇危险时，王后以一己柔弱之躯，请求境外势力（主要是奥国）武装干涉，试图力挽狂澜。大革命时期的著名政治家、雅各宾俱乐部创始人米拉波(后来受王后感化，成为保王派)如此评价安托瓦内特：“整个凡尔赛只有（她）一个男子汉。”

研究表明，与后世一般认为王后“擅弄权术”的印象恰恰相反，至少在大革命爆发之前，王后根本无意干政。因为路易十六自幼目睹其祖父路易十五的情妇们干预朝政，对此深恶痛绝，并立下政治规矩：“不允许女性参与任何国事。”1787年，外相韦尔热纳去世，国王悲恸不已——自路易十三以来的权相体制由此瓦解。内阁大臣走马轮换，而内政外交之困境并无好转，国王深陷抑郁——“我知道别人说我优柔寡断软弱无能，但此前从未有人面临过如此困境”。与国王的仁慈善良、近乎麻木不同，王后“意志强劲、决断迅速”。准确地说，是大革命爆发促使王后走上权力舞台——在国王放弃权力之时。她开始掌握秘密资金，尝试建立欧洲谍报网，并学会使用密码与外交官联络。王后之“干政”，并非出于喜好，亦非源于自我牺牲精神。照著名传记作家斯特凡·茨威格的说法，“既出于自保本能，也是王家义务”——毕竟“君权神授”是她终身不渝的信念。

值得注意的是，当革命法庭指控她在凡尔赛宫狂欢践踏革命军三色帽徽时，法庭庭长埃尔芒的判词是她利用“性身”，与政客私通、勾搭，从事有损于政身国体（body politic/polity）的勾当。在《法国大革命时期的家庭罗曼史》一书中，林·亨特据此做出论断：大革命仇视女性，乃是将旧时代社会问题统统归结于红颜祸水——国王的“情妇干政”导致国运衰亡，妇女团体则被诋为“泼妇军”和“良家妇女的瘟疫”（后来干脆宣布所有妇女组织皆为非法）。林·亨特发现在革命者对安托瓦内特的指控中包含着一条重要罪名，即教唆国王如何伪装（表面上拥护共和，骨子里仇视革命）。从这个角度看，女性的特征与共和派的美德无疑互不相容（狄更斯《双城记》中的织衣妇德法日太太便是仇恨与恶毒的化身），因此女性必须摒除在公共领域之外——可见，上述种种指控恰好反映出革命者对作为女性的王后“侵入公共领域”的焦虑。

并非巧合的是，王后被处决两周后，大革命中另外两位杰出女性代表罗兰夫人与奥兰普·德·古日也相继被推上断头台。她们的重大罪名之一都是“违反妇德”。1793 前后，在巴黎街头涌现出 100 多种涉及妇女权利的小册子，其中最著名的便是奥兰普·德·古日两年前所写的《妇女与女公民的权利宣言》。这份宣言以《人权宣言》为蓝本，将《人权宣言》中宣布的各项权力逐一运用到妇女身上，号召妇女为争取自身权利而奋斗。尽管作者宣称“我们要求启蒙和工作，并不是为了侵犯男人的权威，而是为了赢得他们的尊重和获得摆脱不幸生活遭遇的手段”，但这份大胆的宣言还是触痛了革命者的神经，作者也因此（以及胆敢为路易十六辩护）被安上“煽动反革命”的罪名。

同样遭遇不幸的还有罗兰夫人。1792 年 6 月，就任内政部部长仅三个月的罗兰先生被路易十六解除职务，原因是罗兰夫人代拟一封呈交国王的“陈情表”，以言辞激切而逢彼之怒。“陈情表”公开后，罗兰先生被视为“爱国主义的殉难者”，深孚人望，旋即东山再起。罗兰夫人的沙龙由此成为内阁的议事厅，她本人也成为吉伦特派的实际领袖。后来，雅各宾派采取恐怖手段将吉伦特派赶出议会，这群满腔热情的革命家（在马拉、丹东等人尚为保王党人之时，他们已是激进的共和派），一个个被罗伯斯庇尔相继送上断头台。

革命怎么会革到自己人头上？罗兰夫人是其中少有的觉悟者，她在狱中给罗伯斯庇尔写信说：“我知道该怎样承受一切事情，我也很清楚在每一个共和国初期，对之起作用的革命，在变革中总会选择主要的参与者作为自己的牺牲品……我写信是为了给你启迪，命运变幻无常——民众的支持也是如此。看看前代那些革命人物的命运吧——先是人民的偶像，后是人民的统治者……但他们能够阻止他们的名字遭受后代人公正的咒骂吗？”日后罗伯斯庇尔的覆亡，果如其言。

其实，在革命者眼中，临终前喊出“自由，多少罪恶假汝之名”的罗兰夫人真正的罪状不在于鼓吹“自由宽容”或“背叛革命”，而在于她以女性之身，竟然敢于涉身政治领域，妄图凭借影子内阁“操持国柄”。这位“傲慢不可一世”的罗兰夫人，和王后一样——王室的身体与“国体”休戚相关——是擅越自然本位的“错置”（mixed being），她们侵入公共政治领域不仅引发革命者的焦虑，更令他们大为恐慌。她们被无端强加的罪名——无论是罗兰夫人的“伤风败俗”还是王后的“秽乱宫闱”，都反映出革命者对性别机制的担忧——正是这一项罪名泄露了革命者的心事：忧惧“两性疆界的瓦解”。相比于私德，女性的“僭越”更令人愤慨，人人（革命者以及旁观者）必欲“除之而后快”。于是王后等人也就顺理成章沦为“泄愤”的对象。

由此，大革命对女性的厌恶与仇恨也表现得淋漓尽致。尽管表面来看，自由、理性、智慧等共和国理念，通常以女性（尤其是处女）的形象加以展示，但也仅仅是借用其形象而已——正如伯克所讥讽的“大革命的口号仅仅只是口号”。何况其中最为响亮的口号之一“博爱”（fraternity），其本意不过是男人之间的“兄弟之爱”——与女性了无干涉。从这个意义上说，在现代社会诞育的过程中，大革命是父权（专制）向男权（民主）转变的标志。身处革命洪流和漩涡中的罗兰夫人和安托瓦内特无可避免地成为一个象征——即女性特质及女性原罪的象征。它威胁着共和国的男子气概和兄弟之爱，因此引发革命者同仇敌忾。

毋庸置疑，革命领袖的立场很大程度上决定了大革命仇视女性的舆论导向。其中，被奉为大革命“精神导师”卢梭的观点颇具影响力。他极力批评妇女对男性领域的“僭越”破坏了两性应有的自然关系，使男人女性化，也必将使得整个社会腐化堕落。革命元勋米拉波在革命兴起之初率先发表“妇女注定主内，不应该走出家庭”的演讲，为大革命歧视妇女的政策定下了基调。另一位革命“红人”塔列朗主教提交给制宪会议的一份报告则更加直截了当：“不要把我们的生活伴侣培养成对手”，因为“妇女的美德要求她们不去追求行使政治权利。难道还不明白她们柔弱的身材、文雅的性情、母性的天职必须让她们远离权力，专门照看家务吗？”与此同时，号称“不可腐蚀者”的罗伯斯庇尔则致力于打造完美无瑕的“美德共和国”——他将上述理论落实在行动中：通过不近女色（也不近人情）展示他与旧时代专制君主的本质区别。被誉为大革命“预言家”的马拉也认为“妇女不应该承担任何公共事务，而应该通过家务来体现自己的价值”。尤其当宣称“为拯救十万人而诛一人”的夏洛特·科黛（被贬称为“老处女”）刺杀马拉事件之后，妇女对男性报复的恐惧感萦绕在革命者（及其领袖）心头，也迫使他们尽快采取革命行动消除心腹之患。

当然，革命派对妇女的态度也并非一成不变。当革命爆发之际，保王派反动武装尚处于强势地位，以吉伦特派为首的国民公会为扩充革命力量，对妇女进行了多方面的政治教育和思想动员，例如，他们授予妇女“女公民”的称号，允许她们旁听议会和各区大会，接纳妇女进入俱乐部等等。同时，由于大革命使法国的奢侈品制造业遭受沉重打击，传统的制造蕾丝花边、粗天鹅绒、丝锦缎带以及镶边行业等几乎全部倒闭，广大女工因此失业，衣食无着。革命者决意利用这一契机，组织诺曼和沃莱地区的蕾丝女工发起暴动。应该说，正是革命者的有意识引导使得广大妇女卷入大革命的洪流之中，她们也借此登上了政治舞台。

然而，在革命形势逐渐好转之后，“最厌恶女人”的雅各宾派取得最高权力，立即将他们对女性进行限权的主张付诸行动。“共和二年”（即 1793 年）初，国民公会通过一项法令，“禁止以任何名义建立的妇女俱乐部和妇女公众团体”。随后，国民公会又发布更为严厉的补充法令：“妇女们只有在丈夫和孩子一起出席的情况下，才能参加社会活动。”根据法令，“革命共和派女公民俱乐部”在 10 月 30 日被封闭，大革命时期争取妇女权利的斗争从此画上句号。

针对个别公社成员的质疑，巴黎公社检察长皮埃尔·肖美特大放厥词，声称妇女参与政治活动就是泼妇上街，扰乱社会治安，必须加以严惩。巴黎《导报》则刊登了对安托瓦内特等三名妇女的判决并附加评论——她们被处决的理由很简单：身为女性而从政，是忘记/逾越了自己性别的“悖逆”之举，大逆不道，罪有应得。值得注意的是，这一切恰好发生在号称最为民主的“共和元年宪法”出台之际，“人民主权”和“自由”“平等”的口号震耳欲聋——无疑是对“人权”“平等”的莫大讽刺。从这个意义上说，上述禁令的颁行无疑是法国女性的悲哀，也是法国大革命的悲哀。

瓦雷基耶尔等历史学家通过研究表明，革命领导人一方面高喊所谓人人平等的“天赋人权”，另一方面却又将妇女视为男人的天然附属品和潜在的“敌人”。只是在与旧制度较量的过程中，他们需要妇女参与来壮大革命力量的时候，其“厌女症”集体发作才会稍加收敛。而一旦政权得手，伟大的革命家们则无一例外又故态复萌。大革命期间居留巴黎的美国驻法公使托马斯·杰斐逊对此曾做出精辟论断：“如果没有王后，就不会发生革命。”——因为在群情激愤、波旁王朝四百年基业摇摇欲坠之际，“玛丽·安托瓦内特的性能力、生育能力和其他生理特征都成为关于性别、阶级和权力的激烈争论的借口和催化剂，动摇了旧制度，也引爆了大革命”。一言以蔽之，王后既是反动专制政权的替罪羊，也是革命恐怖暴力的牺牲品，因为“可怕的命运”使得她不幸遭逢一个亘古未见之乱世。在这个以断头台为表征的时代——照法国评论家斯塔尔夫人（1766—1817）在《法国大革命》中的说法——革命者通过血腥暴力，直接将“地狱带至人间”。

“故事重述”：约翰逊博士的忏悔

在《约翰逊传》（1791）结尾处，博斯韦尔记录了一则诗人临终（1784）前的忏悔：我（约翰逊）是个不孝子。小时候，有一天，父亲生病，要我去尤托克西特集市代为照看书摊，我埋头看书，没有答应。父亲只好自己去了。若干年以后，我试图弥补当年的过错。在一个天气很坏的日子里，我回到家乡，伫立在集市广场中央——当年父亲摆放书摊的地方，希望以此来赎罪——“那一天大雨滂沱。我没有戴帽子。”

时隔半个世纪后，美国作家霍桑（1804—1864）将此事载入他的“英国笔记”。后来在《儿童传记故事》（1842）中又提及此事，并加以重述和改写。在霍桑笔下，约翰逊不敢走向集市，乃是出于害羞，害怕成为众人瞩目的对象——当听到父亲的恳求时，他立刻想到自己“是英格兰名门之后。设想一整天站在市场书摊面对粗鲁无知的乡下人屈尊逢迎……他不情愿，还因为身上的衣服破破烂烂”。后来，当年迈的约翰逊重回故土时——“正是正午时候，他来到父亲摆摊的地方。这是一天当中最为忙碌的时候，周围人声嘈杂，但谁也没有注意到他。他浓眉紧锁，抬眼望天，似乎在祈祷。有时又低头沉思，似乎难以承受无尽的悔恨的重压。他的身体一直在颤抖，脸部轮廓甚至扭曲变形。”

或许为了进一步体验约翰逊的悔恨之情，1857 年，身为美国驻利物浦领事的霍桑利用公务闲暇，实地到访尤托克西特（其后写出的散文名篇《利奇菲尔德和尤托克西特》收入 1863 年出版的散文集《我们的老家》——霍桑于翌年患病去世）。然而，令霍桑讶异的是，他遍询当地居民，竟无人知晓此事。换言之，在霍桑长达 30 年的创造生涯中，他一直念兹在兹的约翰逊忏悔不过是一则轶事。那么问题是，18 世纪的英国文豪为何对 19 世纪的美国作家具有如此强大的吸引力？霍桑不断改写并续写这一则故事到底出于何种心态？

众所周知，约翰逊是 18 世纪文学巨匠。但他厌恶甚至憎恨美国人，他发明的“美国方言”一词乃是指斥美国人对英语语言的玷污。他反对“无代表，不纳税”的口号，坚称“殖民地居民不能拿从前不交税做理由：我们不会让一头小牛耕地，但长大后则另当别论”。他甚至公开宣称：“我爱世上一切人，美国人除外。”

然而从库珀到梅尔维尔的美国作家，对他却无不表示景仰推崇，其中以霍桑友人老霍姆斯(1809—1894)最为突出。1858 年，霍姆斯名篇《早餐桌上的独裁者》即为向约翰逊致敬之作。据说霍姆斯每年至少读一遍《约翰逊传》，并仿约翰逊伦敦的“文学俱乐部”在哈佛建立“礼拜六俱乐部”（其成员包括朗费罗、洛厄尔、爱默生以及霍桑等，皆一时之选）。1884 年，霍姆斯写诗（《在礼拜六俱乐部》）悼念霍桑逝世 20 周年，称他为“伟大的罗曼司作者”，“比海斯特更骄傲，比珍珠更敏感”，“外表柔弱像女生，内心却无比刚强”——并宣称跟霍桑一样，相对于同时代人，他与约翰逊更为亲近。

针对美国个别评论家对约翰逊的指责，霍桑认为美国文学落后，主要原因在于缺少文学生发的土壤，与约翰逊无关。与霍桑同时代的英国作家特罗洛普（1815—1882）曾经断言：“美国人在政治上以及情感上或许能摆脱英国，但在思想文化方面却难以取得独立。”与此仿佛，美国文学家也声称，“撼乔治王易，撼约翰逊难”——因为当时美国作家普遍存在崇洋媚外的倾向。如此以来，美国人发现，不仅英国人瞧不起自己，美国人自己也自轻自贱：如麻省参议员亨利·洛奇批评美国文坛之怪现象——“美国作家先要将自己变成英国人，才能赢得同胞的敬重。”而英国人的游美札记和评论更加深了双方矛盾。19世纪初，特罗洛普的母亲赴美游历后出版《美国人的居家习俗》一书，抨击美国人“粗俗”“无礼”。1820年，《爱丁堡评论》创刊人西德尼·史密斯发问：“寰宇之内，有谁会阅读美国小说？”1836年，英国女作家哈丽雅特·马蒂诺访问美国后，出版《美国的社会》，并武断地宣称：“美国法制水平很高，但美国文学乏善可陈。”

英国人的傲慢自大激起美国有识之士的同仇敌忾。费城学者罗伯特·沃尔什——杰斐逊称他为“美国数一数二的作家”——指出，英国人如果不放弃他们的“偏见”，必将引发“年轻共和国的满腔仇恨”。另一位著名评论家H. L.门肯在《美国语言》（1836）一书中将英美文学之争称为“非神圣的战争”，许多激进人士也认为美国有必要进行“第二次独立战争”，而温和派代表人物如“唯一神”教领袖钱宁牧师则倡导“美利坚国族文学”。受钱宁启发，爱默生在《美国学者》（1837）中大发感慨，“我们臣服于欧洲缪斯女神的时间太长”，因此必须杜绝模仿，走出一条美国文学新路。随后，梅尔维尔在《霍桑和他的青苔》（1850）中批评美国读者对欧洲文学抱有诸多迷信，并呼吁民族文学和民族史诗的诞生——在他看来，霍桑正是开创新型美国文学的天才。

梅尔维尔对霍桑的评价引发了诸多共鸣。当代阿根廷文学大师博尔赫斯在《论霍桑》一文中曾引用约翰逊名言“任何作家都不喜欢借鉴同时代之人”，并指出霍桑在创作方面可谓基本无视同时代的作家。纽约著名出版家埃弗特·杜伊金克（1816—1878）谈及霍桑时也断言：“在那些我们注定要铭记的美国作家中，他最有独创性，且受到各种外来示范以及文学传统的影响最小。”——但约翰逊显然不在其列。霍桑记录约翰逊当众忏悔，他用的是“轶事”（anecdote），该词本意为稗史或野史，一般认为不足为凭。但霍桑恰恰认为，作为历史的碎片，历史的真相或许由此中透露，即所谓“窥一斑而见全豹”（hole within whole）。换言之，霍桑在终日流连于伦敦酒肆或咖啡馆、热衷社交的外表形象之外，发现了另一个约翰逊：一个忧郁内省、终身背负愧疚的作家形象——与他本人同病相怜。

约翰逊具有文学史上最典型的极度自负与极度自卑的双重人格。由于先天疾病（瘰疬），聋瞎和丑陋很早便影响到约翰逊的心理状态。他的父亲迈克尔·约翰逊以经营书店为生，而约翰逊在20岁之前就成了“活人中读书最多的人”（亚当·斯密语）。在牛津，他日常穿着学士袍，因为如此可以遮挡破衣烂衫。但家境贫寒带来的自卑并未冲淡他在学业方面的自负。由于自觉比老师学识渊博，约翰逊经常逃课；导师说每旷一次课要扣两便士学费，他反诘牛津的课一钱不值。当然，他的这种“恃才傲物”也许只是表象；其内心病态的忧郁才是本质。他的私人医生曾记述他忧郁症发作时的情形：他“极度沮丧，叹息呻吟，自言自语，在房中走来走去”。约翰逊自己对此既无能为力，又时常自责。比如他在《沉思录》中记述：“1764年，复活节：我没能改过自新，活着没有用。越想到这些，越倾心于醉酒和贪食”。第二天，“我的懒惰变本加厉，无精打采。我的散漫变得毫无节制。脑子里布满忧郁的神经”。甚至形容自己，当此时也，“恨不能宰杀一头羊，来平息心中怨怒”。

由于精神压力过大，约翰逊时常担心自己会失去理智。1766年，约翰逊路遇一位神父，突然在神父面前跪倒，向上帝哀求不要夺走他的理智。事实上，他如此害怕失去理智，甚至动用一副手铐，请求友人的妻子将他禁锢起来，并声称“我愿意做一次截肢手术来恢复我的神志”。约翰逊精神崩溃的全部原因很难解释，但“大脑蚕食自己”是他本人非常喜欢的一种表达。心病比身病更令人难以承受——他后来回忆说“自己常常很迟钝，没有工作效率，连镇上挂钟的时刻也分不清”。

据好友约翰·霍金斯爵士说，约翰逊临终前下令焚毁自传手稿和书信两大卷，其中不乏珍贵书信史料，或许正是忧郁症发作的结果——他自称平生最喜好的是伯顿《忧郁的解剖》（1621），须臾不离身畔。运用现代心理医学来分析（他早于弗洛伊德150年就认识和开始谈论心理的复杂性），约翰逊毕生忍受了巨大的痛苦却始终保持着理智与清醒（他的格言是“一个人如果意志顽强，他在任何时候都可以写作”），因为他一直坚信：人控制不了内心，正像他控制不了命运一样——这是人生真正的悲剧根源所在。这可能也是约翰逊的人格和作品在现代人看来格外亲切的原因。

照亨利·詹姆斯《霍桑传》（1887）的说法：“霍桑身上总有股约翰逊的味道。”——可见后者对霍桑影响之大。像霍姆斯等友人一样，霍桑对约翰逊的作品可谓了如指掌。从早期诗作《伦敦》和《萨维奇传》到《人类欲望之虚幻》和《莎士比亚戏剧集》，乃至《苏格兰西部诸岛纪游》和《英国诗人传》——通过这些作品，霍桑读出的是一位不折不扣的悲观主义者——在这一点上约翰逊堪称叔本华的先驱。在约翰逊看来：有的人追求财富（商人）和地位（政治家），有的人鄙视财富和地位但追求名誉（作家、艺术家），而这一切都是虚空。像《人类欲望之虚幻》中所描写的：旧时代伟人的肖像从墙上摘下，扔到厨房烟熏火烤或者廉价拍卖，墙上更换为新时代伟人的画像。仅此而已。

正如霍桑终身背负经济压力，约翰逊直到53岁获得国王乔治三世一笔300英镑的年金，他才彻底摆脱了贫困。一开始约翰逊担心这是政府给的“封口费”，害怕以后会噤若寒蝉；首相比特伯爵（1713—1792）向他保证，“这笔钱是对你已有成就的奖励，与你以后所作所为无关”，他这才放心接受。约翰逊号称是英国最擅长聊天之人，除了像“爱国主义是流氓最后的避难所”“人生是这样一种状态：大多数时候需要忍耐，偶尔可以放纵”“我越了解人类，对他们的期待就越少”等耳熟能详的妙语，还有一些如“一个人厌倦了伦敦，那他就厌倦了生活”“婚姻有无尽烦恼，单身却无乐趣可言”“没有哪个人愿意写作，除非是为金钱”等引人遐思（虽然可能政治不正确）的名言，以及若干关于写作的隽语如“一个人要翻遍半个图书馆，才能写成一本书”等，无不令人叹服。才思敏捷、妙语连珠使得他成为伦敦社交界的“宠儿”，而鲜为人知的是，正是为了躲避抑郁的侵袭，约翰逊才不得不求诸社交手段（照博斯韦尔的说法，约翰逊一向把写作和社交看作最好的“安慰剂”）。

如同约翰逊的忧郁症一样，霍桑的内向和忧郁也是尽人皆知。9 岁那年，霍桑不幸摔伤，他待在家中养伤近 3 年，期间很少到户外活动，过着一种孤独自闭的生活。1825 年，霍桑大学毕业回到家乡萨勒姆，重新开始与世隔绝的生活。在长达 12 年之久的隐居日子里，他读完了当地图书馆的每一本书（后来他将隐居的屋子称为“猫头鹰的巢穴”）。1837 年，他写信给大学同学朗费罗说：“我足不出户，主观上一点不想这么做，也从未料到自己会出现这种情况。我成了囚徒，自己关在牢房里，现在找不到钥匙了，尽管门开着，我几乎害怕走出去。”

因为家贫无以自立，写作成为霍桑不得已的选择。早在 1821 年，在鲍登学院读书的霍桑给母亲写信，诉说他选择作家职业的苦恼：“对于未来的职业我举棋不定。当牧师根本不用考虑。哪怕你十分希望我成为一名牧师，我也无法想象那样一种枯燥乏味的生活……至于律师职业，据我看早已人满为患（保守地估计），他们当中有一半人在忍饥挨饿。当医生，看上去是个不错的选择，可是我不忍心将生活建立在同胞的疾病和痛苦之上……要是我有足够的钱而无需工作该有多好啊！要是我选择当一名作家，以笔谋生，你觉得如何？”此时的霍桑，既希望得到母亲的支持，又不无顾虑，“我想当一名作家，靠写作谋生……但作家都是穷鬼，会被撒旦带走”。为了给贫困的作家提供写作的保障，朋友帮忙为霍桑谋得萨勒姆海关测量员之职（1846），然而好景不长，两年之后便因“政党轮替”而遭到解职。1848年7月，母亲的逝世更给霍桑带来沉重打击，他称之为“我有生之年最黑暗的时刻”——而在此期间创作的《红字》（1850年出版），也不可避免地打上了沉痛的烙印。

《红字》第二章名为“集市”——霍桑脑中浮现的一定是挥之不去的约翰逊的形象——书中女主角海斯特·白兰被押上刑台示众，“我感受到身体的反应，像烈火灼烧；仿佛猩红的字母不是一块红布，而是烧红的烙铁”。这与其说是小说人物的感受，不如说是霍桑想象的约翰逊的感受——或霍桑本人的感受。“这个刑台，像法国恐怖党人的断头台一样，人们把它视为教育人弃恶从善的有效工具。它充分体现了要让人蒙羞示众的思想。依我看来，没有别的暴行比它更违背我们常人的人情；不管一个人犯了什么过失，没有别的暴行比不准罪人因蒙羞而隐藏自己的脸孔更为险恶凶残的了，因为这恰好是实行这一惩罚的本质。就海斯特·白兰的例子来说，同其他的许多案例一样，她受到的裁决就带有这个丑恶的惩罚机器的最邪恶的特点。”

像小说中的人物、博学而深沉的丁梅斯代尔牧师，或晚年站在集市广场中央的约翰逊博士一样，霍桑的内心也充满悔恨和内疚——或许这便是霍桑不敢公开示人的“隐秘罪恶”。因为4岁丧父，自幼与母亲相依为命，霍桑长期以来形成对母亲强烈的依恋，母亲的去世令他备受打击、心灰意冷——他自称“政治死人”，并将《红字》称为“一部遗书”。他在求学期间写给母亲信中曾说，“当你看到我的作品被评论家赞扬，就像英国最著名的作家一样，你该是何等自豪和骄傲！”他选择作家为职业，自知违背先祖意愿——他在《红字》序言“海关”一文中假想祖先暴跳如雷的场景：“一个小说作家，这是什么勾当？这能算是赞美上帝、服务社会的方式吗？下流胚，倒不如当个拉提琴手！”尽管如此，母亲对他的选择却表示支持，并且将她从娘家分得的遗产悉数交给霍桑，让他专心致志从事文学创作。大学毕业后的12年间，他没有外出工作，而是闭门读书，正有赖于这一批“专款”的支持。

然而不幸的是，在霍桑奋力打拼的20余年间，母亲并未能享受到荣光。而等到他的《红字》一炮打响，在文学市场功成名就之时，母亲却溘然长逝，正所谓“子欲养而亲不待”。作为人子的霍桑，心中的隐痛又岂是普通言语所能传达。通过写作——无论是改写约翰逊的忏悔，还是创作《红字》中的刑台——霍桑事实上揭露出他内心隐藏的负罪之感。他假托约翰逊博士的轶事，其实吐露的正是他本人的心声——采用亦真亦幻的罗曼司这一文学样式，作者既能隐去真身，又能公开忏悔。后世批评家评论霍桑《故事重述》等小说时指出，他最善于揭示人性之隐暗面，其笔触能深入人心不可测量之处，堪称洞悉了作家的苦心孤诣。

值得一提的是，霍桑的隐痛在《约翰逊传》中也有类似表达。

由于一直忙于编纂词典（1756），到母亲去世（1759）之前，约翰逊一直没能抽空回乡探望。像他对父亲的忏悔一样，这也成为他终生无法治愈的创痛——“我已经耽误了时间，以致那些我最希望让他们满意的人已不在人世。”他在词典出版受到世人追捧后淡淡地说，因此，“成功和失败此时都毫无意义”。

劳动与闲暇：重读《瓦尔登湖》

梭罗生活的年代是美国历史上由农业社会向工商业社会过渡的转型期。在此过程中，他的家乡康科德由昔日的宁静小镇一下子变得熙熙攘攘，“市场经济的发展必然导致拜物教的盛行……争先恐后的人流在奔向市场的路上”。与此同时，受“淘金热”的鼓舞而摩拳擦掌的康科德居民根本没有意识到“人的世界的贬值与物的世界的升值有着直接联系”，也没有意识到在这样的忙碌劳动中，他们逐渐失去个人的完整性和主体性(subjectivity)，而被迫屈从 (subject) 于外部的压力和诱惑，其结果必然是自蹈死地——“加州距地狱不过三千英里”，梭罗以他一贯冷峻的口吻预言。

意识到问题严重性的还有梭罗“超验俱乐部”的同道中人。作为“马克思主义诞生以前的马克思主义者”，布朗森教长呼吁阶级斗争的必要性，但他的学说无人响应。里普利牧师创办的“布鲁克农场”、奥尔科特创办的“果园农庄”等带有乌托邦性质的社会改造计划也相继失败——与梭罗在瓦尔登湖的个人生活实践一样，他们的矛头都指向败坏人心的商业社会以及唯利是图的商业价值观：经济与政治权力联合起来，更多地被商业与工业资本所有者掌控，“这种联合产生了一个前所未有的靠着对利润的无情追逐来强力驱动的社会”。而普通劳动阶层却心甘情愿遭受盘剥和奴役——像南方种植园的奴隶和北方工厂流水线上的女工——“改进的只是手段工具，人生的目的却毫无改进。”梭罗由此感叹道，“人可是在一个大错底下劳动的啊”。

19 世纪 30 年代，刚从哈佛学院毕业的梭罗跟绝大多数同龄人一样面临择业的困难。出任教职此前也许是最佳选择，但身处风云激荡的年代，新旧教派之间以及同一教派内部斗争激烈，个性刚强如梭罗显然很难适应。事实上，在他职业生涯的第一阶段，即从他毕业之年（1837）到 1845 年，他尝试过教师、记者、编辑，也打过零工，从一个职业跳到另一个，但始终未能如愿。如果单纯从经济角度考虑，回到他父亲创办的铅笔制作工厂从事经营管理或发明创造，也是不错的选择——爱默生对梭罗的实践技能极为赞赏，曾自叹天生笨拙，无法拥有“他那一双会动之手”——但梭罗本人却“不想掉入商业陷阱……不想将生命浪费在（制铅）这样无聊的事业上”。

爱默生担任主编的《日晷》（1840—1844）倒闭后，梭罗心灰意冷。于是接受友人（诗人钱宁）建议，卜居瓦尔登湖，由此开始了人生第二阶段（1845—1849）“以务农做伪装而潜心创作”的职业规划。为期两年多的瓦尔登湖生活实验其实并不像他日后书里展示的那样远离俗世、逍遥自在，相反从他的书信日记来看，每天的日程非常饱满，探亲访友、接客对谈，闲暇时候还要徜徉林间，自愿担当“大自然的勘察员”，同时更不辍写作。据统计，他在此期间完成了《康科德及梅里马克河一周游记》（以下简称《河上一周》）全部初稿和二稿，卡莱尔长篇书评，《瓦尔登湖》前七章（共 117 页），《卡塔丁游记》，以及散文短篇若干，可谓著述颇丰。1850—1862 年，这是梭罗人生职业生涯的第三阶段。他在履历表职业栏中郑重其事地填入“土地丈量员”；同时在打出的广告中宣称自己“能精确测出雇主指定的任何地块”，自得之情溢于言表。当然，梭罗坚信，他真正的事业还是文学创作与发表。

19世纪中期前后的美国文学市场可谓鱼龙混杂。据考证，1820—1830年间，美国小说创作总数不过109部，而下一个十年，即1840—1850年间，其总数已达千部，但与此同时，艺术家的创作个性与商业社会价值冲突的问题也日益严峻。梅尔维尔坦承：他的第一部小说《泰比》“就是为了迎合市场”；他在写给霍桑的信中（1851）曾宣称：“我真正想写的已遭禁——因为挣不到钱。而换一种法子写，我又做不到。在当今时代，哪怕我写出《福音书》，也难免葬身于沟壑。”对此霍桑一定也深有同感——在1855年写给出版商的信中，霍桑毫不掩饰自己对于市面上成功女作家的藐视：“美国如今已经完全沉迷于一伙该死的乱写乱画的女人。只要公众陶醉于她们的陈词滥调，我便没有成功的机会。即便我成功也会为自己感到羞愧。”

同样，梭罗对商业化运作的文学市场也颇多微词。19世纪50年代他在纽约结识老亨利·詹姆斯和唯一神教领袖钱宁博士（1780—1842）等名人，但并未能成功打入他们的朋友圈——“这里的文学市场很可怜……他们并不真正在意你写什么，只是看重名气。”他在写给母亲的信中也抱怨道：“他们不吞我的饵——他们早已被喂饱。”尽管他一直在努力，四处投稿，但录用很少，稿酬更少——除了他不大瞧得上的《妇女之友》——该刊是通俗读物，在文学界影响甚微；而梭罗念兹在兹的，是要出版他的大作《河上一周》。令他始料不及的是，该书的面世却使他大半生背负上沉重的经济包袱。

梭罗原先的计划是《河上一周》和《瓦尔登湖》同时出版，或许他渴望如此可以一炮走红。然而出版社针对无名作者的条件异常苛刻：所有出版发行成本由作者承担；倘若市场销售达到一定数量，作者可以抽取一成半版税。梭罗毅然签订了这一不平等条约——事实也不出所料：首印 1000 册，三年后剩余 789 册。大作家不仅分文未得，还欠下 270 美元的巨额债务（若干年后才得清偿）。梭罗曾自我调侃：他的书架上将近千余册，其中一多半都是他自己写的——“世界，就像一头奶牛，只是挤奶大不易”，他在书信里说——其愤懑之情不难想见。

由于文坛失意，梭罗的兴趣转向土地测量。到 19 世纪 50 年代，梭罗已自诩为“康科德乃至新英格兰最精准的”土地测量员，雇主约单不断。尽管如此，任何时候梭罗都没有忘记他真正的文学事业。从他洋洋两百余万字的日记来看，即使在 19 世纪 60 年代时常卧病在床的日子里，他也未尝废卷，而是照常读写。《瓦尔登湖》在出版前已七易其稿，但其中的核心内容如《经济篇》却始终萦回在他的脑海，引起他的深思：一切当时盛行的经济观——无论是法国重农学派还是英国古典派，无论是保守的清教伦理还是激进的乌托邦计划——很大程度上都由于过分强调“经济”因素而忽视了“人”的因素。而他所倡导的，则是主张人性完整、全面发展的新型经济观。

梭罗的经济观受到亚当·斯密的影响。斯密在考察一家制针工厂之后发现：扣针的制作可以分为抽线、拉直、截断、圆头、包装等18道工序，如果由一个人独立完成，日均产量不超过20枚；相反，如果每人做两三道工序，日均成针将高达4800枚。劳动分工的作用何等巨大！这位格拉斯哥大学的伦理学教授在惊呼之余，将这一案例写进《国富论》（1776），由此为古典经济学奠定理论基础。巧合的是，到19世纪中期，梭罗在外出演讲的闲暇应邀参观织布工场。“规模宏大，效率之高令人惊叹”，他在日记中记载。但与斯密不同，他的兴奋点似乎不在庞大的织机，也不在精密的管理——凝视着流水线上一刻不停忙碌的女工，他联想到他的康科德邻人——日复一日，生活在平静的绝望之中。一年以后，《瓦尔登湖》（1854）出版。梭罗的目的，就是要向世人展示他所理解的生活之道和劳动价值观。

正如梭罗在参观工厂时感慨的那样，劳动分工虽然在很大程度上提高了劳动生产率，增加了社会总供给，但在他所处的时代（以及我们所处的时代），这一改进并未能改善从事生产的人的处境。相反，却造成了人的“异化”。这种异化，不仅体现在马克思所说的“商品拜物教”即物的异化：商品本来只是劳动者生产的产品，劳动者不但无法拥有，反而受其操控，仿佛人匍匐在他所塑造的上帝面前。同时，由于单调重复地劳动，这种分工也意味着人自身的异化：人的头脑和心灵变得机械，行为受外部世界力量控制，形成即黑格尔所谓自我异化。其结果是：工人（及其产品）会成为他自己的敌人——生产越多，危险越大，因为市场饱和。或者用梭罗的话说：“他的劳动，一到市场上，总是跌价。”更为致命的是，这种异化最终也彻底改变了人以及人与人的关系——温情脉脉的面纱被撕去，世间不再有亲情、友情，一切都转化为赤裸裸的利益和金钱关系。劳动的产物（商品及货币），而非劳动的过程，成为唯一的评价标准，而人则真的“成为他们的工具的工具”。

本杰明·富兰克林相信“时间就是金钱”，梭罗却相信它的逆定理：金钱就是时间，就是生命，不要为了不必要的物质而浪费金钱，虚掷生命。像马克思一样，梭罗也发现商品的价值取决于生产商品必要的劳动时间，但他却不愿将全部劳动时间用于生产——照他的估算，一年只需劳作六周，便可以养活自己；其余的时间则可以自由支配，用于更高的精神追求。像古代的圣哲，“外表生活再穷没有，而内心生活再富不过”——即他本人一直主张的“甘贫乐苦”。此外，Extra-vagance（超越界限；奢侈）这个梭罗自造的词语也堪称理解《瓦尔登湖·经济篇》的关键。追求物质财富和生活舒适本身无可厚非，但是一旦过度，则近乎热病。如举国上下为之疯狂的淘金热——“撒旦将加利福利亚王国展示给世人，而他们立刻与之达成协定”，他讽刺道。他本人终生奉行的则是斯多葛派的主张：物质生活满足生活之必需即可，超乎于此即为过度。“多余的财富只能够买多余的东西，人的灵魂必需的东西，是不需要花钱买的”。这里又明显见出他的反资本主义消费观。资本主义经济原理主张鼓励甚至刺激消费——为此不惜人为创造需求。从生活必需品到轻度奢侈品，再到超级奢侈品，总之要最大限度利用人性的贪欲来谋利。哪怕造成举世的疯狂！

据梭罗考证，经济学的最初含义，本意指家庭（oikos）的秩序或规则（nomos）。自经济学由伦理学析出之时起，经济学家便将这一词语外延扩展至于家庭以外的领域，并认定“现代世界是人人都成为商人的世界，交易是一种自然倾向。人的一切活动都是关乎自身利益的‘经济’活动”。由此假想出“经济人”的模型——即会计算、有创造力、能寻求自身利益最大化的人——这一种“经济人”的一切活动皆出于理性的算计。在理性高度发达的同时，其情感及意志等因素或者可以忽略不计，或者根本就不存在。许多时候，甚至理性也沦为利益追求的婢女。这样的一种真空之人，无疑有利于经济学家做理论推演和归纳总结，并由此形成“科学”结论。遗憾的是，这样的结论往往见树不见林：只看到一串串乏味的统计数据，却未见到一个个活生生的人。由此，梭罗提出他所理解的经济学并非马尔萨斯、李嘉图的那一套经济学，而是指导如何生活的哲学。梭罗在《瓦尔登湖》中通篇使用大量经济学词汇，其目的即在于暗示“生命就是由有限的时间与精力构成的，可以颠倒、积累、花费、使用、挥霍和储存，如同财产一般”。——因此人应当将生命的精华花费在美好的事物上，而不是被财产所累，成为幽禁在他所购买的农场中的囚徒。人得以逃脱被囚禁的命运的唯一方法，在梭罗看来，首要任务必须重新定义经济领域的这些核心概念，将人的经济活动由外部世界转向经营内心，由动物性的生存转向更高的法则，由病态的物质追求转向健康的精神享受。

在梭罗新型的经济学说当中，闲暇跟劳动一样成为核心词语，因为闲暇与人的精神自由密切相关。霍桑在“布鲁克农场”不到半年就宣告退出，正因为繁重的劳动使他无暇从事阅读、思考和写作。梭罗本人不愿从事任何一种“固定”职业，哪怕是经济回报丰厚的工场主，主要也是担心会失却那一份闲暇——在他看来也许便是生命最本质的东西——而他被吸引住到林中的原因也是“要生活得有闲暇”。有了闲暇，才能像将日常琐屑交由奴隶打理的古希腊哲学家那样，追求更高的理想和更多的自由。他甚至公然宣称：“懒惰是最诱惑人的事业，它的产量也是最丰富的。我这样偷闲地过了许多个上午。我宁愿把一日之计在于晨的最宝贵的光阴这样虚掷……”

确实，这一种“虚掷光阴”的快乐很难为他的邻人所理解——据说连他的好友、诗人钱宁（1817—1901）也曾表示疑惑：似乎他是在无所事事之中消磨时间、浪费生命。对此梭罗回答说，他能看到第一朵绽放的春花，第一缕冬日的暖阳，和随时变幻的林中美景。这一种移动的美景带给人的精神享受，是任何静止的风景画所无法比拟的。人们为何总要急匆匆地赶路，梭罗反问，而“不肯放慢脚步，去欣赏沿途的风景？”与美国清教徒狂热的工作伦理相反，梭罗坚持认为“闲暇与劳动同等重要”——照帕灵顿在《美国思想史》中的看法，这是“他（梭罗）在瓦尔登湖畔生活实验的重大发现”。这一种颠覆性的经济观，在当时可谓惊世骇俗；时至今日，仍不无启发意义。

当代著名经济学家、奥地利学派代表人物米塞斯堪称梭罗的隔代知己。他在《人的行为》（1949）一书中说：工作的特征之一是“劳动的负效用”——即承认人类偏好闲暇胜于工作，但人的行为，并不总是出于“经济人”的理性算计。周末去菜场买菜做饭，与美团外卖相比，显然既费时又费力，不够“经济”，但一家老小围桌共食的欢愉温馨，却是任何经济学原理难以估量的。“去康科德林间采摘野果，”梭罗建议说，“它的风味在任何一家门市都品尝不到。”马克思经济学说认为劳动造就人，通过劳动人能发挥出所有的潜能，即实现人的“完整性”，梭罗对此一定欣然同意——今日奥地利学派经济学被看作充满创造性的、有才智的行为人的“人的经济学”，道理可能正在于此。

奥地利著名哲学家胡塞尔在《欧洲科学的危机和超验现象学》（1954）一书中指出：世界是人与自然共同形成的水乳交融的情境世界，应是一个“包括了个人生存体验、先于理性统治的世界”。梭罗的瓦尔登湖生活实践表明：长期以来西方社会普遍存在一种“进步的幻象”，以为科学的进步和技术的改良必然能造就公众的福祉，人类将在此进步的阶梯上拾级而上，直达天堂。但梭罗却相信社会进步不一定增加幸福——便捷的交通为人提供了更大的活动范围，也意味着人可以享受更多的满足，但它无疑也会增加痛苦和不满意的范围和程度。正如胡塞尔所说：恰恰是科技文明造成了生活世界的贫困——在生产－消费因果逻辑指导下，人失去自由，失去生活的意义，“成为单纯的消费主体”，成为卢卡奇所谓“物化”（reification/objectification）之人，或成为梭罗笔下身为物累、心为物役的“啬夫”（serf）。由此，梭罗让读者意识到“他们（我们）是资本主义意识形态的囚徒”——而梭罗所倡导的超验的经济学，则更重视个人生活的情感体验和精神成长——像经济增长一样，这一种有机的增长方式应当包括人的内心精神世界以及个体生活世界的完善。正如梭罗在《瓦尔登湖·经济篇》中所言，唯有劳动与闲暇的有机结合，才能让人“吸取到生命的精髓”，体验到完满的人生。

边沁：伟人就是被误解

西方哲学家自柏拉图已降，很少不被后人误解，然而像英国 18 世纪哲学家杰里米·边沁（1748—1832）这样“价值被严重低估”（穆勒语）的情形，却是非常之罕见。

这位发明英文单词“怪异”（eccentric）的人堪称当时学术界乃至整个英国社会的异类。边沁出身于律师家庭，父亲希望他子承父业，早早送他入牛津（时年 15），结果被要求对“三十九条信纲”宣誓。经过激烈的思想斗争，他放弃抵抗——不过由此也在心底埋下仇恨的种子。边沁在牛津的生活并不快乐，他对牛津大学充斥着教条主义的古典课程深恶痛绝——“在这些我发现的以及我长久经历的事物当中，谎言和伪善是英国大学教育和英格兰一流教会教育的必然结果，而且也是唯一的必然结果”。——他日后倡导创建“非宗教”的伦敦大学（UCL，即今日伦敦大学学院；边沁本人至今仍被视为该校“精神之父”，并以坐像列席校务会），与母校相抗衡，或许即为泄愤——正如英国历史学家 F. C. 蒙塔古在《政府片论·导言》（1890）中所说：“也许，牛津大学再也没有培养出另一位像他这样不喜欢牛津的名人。”

除了公开的无神论倾向，边沁对英国政坛人物也毫不留情，称之为“邪恶利益”的代言人——他们只为极少数人服务；而他本人发明的功利主义，则致力于“最大多数人的最大幸福”。

在哲学和经济学界，边沁自认为（实际也是如此）他的学说影响了哲学家密尔（旧译穆勒）之父詹姆斯·穆勒，而后者又影响了李嘉图，所以他自鸣得意地声称："我是詹姆斯·穆勒精神上的父亲，而詹姆斯·穆勒是大卫·李嘉图精神上的父亲，所以，李嘉图是我精神上的孙子。"由此开罪学术界一众头面人物。此外，作为文化界名人，边沁在公开场合却指斥诗歌尽是谎言，并宣称"如果快乐的品质是一样的，图钉和诗一样好"，由此遭到文学圈的愤怒声讨——黑兹列特对他大加挞伐，卡莱尔诋毁他"视野狭隘，人格也不完整"，狄更斯通过《艰难时世》中葛擂硬这一经典人物形象，更将他永久地钉在历史的十字架上。

尤其令人惊异的是，身处 18 世纪，边沁居然异想天开地认为动物，还有女性，跟人（Man）一样也有享受幸福的权利——在欧洲人尚未将罪犯、黑人、女人当人看的时代，边沁就开始为这些弱势群体呐喊："总有一天，其他动物也会获得只有暴君才会剥夺的那些权利……一个人不能因为皮肤黑就要遭受任意的折磨而得不到救助。总有一天，人们会认识到：腿的数量、皮肤绒毛的形式、骶骨终端的形状都不足以作为让一个有感知能力的生命遭受类似厄运的理由。"——他为之辩护的对象，范围广大到包括被众人唾弃的高利贷者（他于 1787 年出版《为高利贷辩解》，与亚当·斯密进行辩论）；他甚至认同 18 世纪英国名医约瑟夫·唐森德（1739—1816）的惊世之论，认为"饥饿是社会的平衡轮"，并认为"只有饥饿才能刺激、驱使穷人去劳动"——以上种种论调，皆令上流社会的正人君子错愕不已。

这也成为他被误解、遭攻讦的主要原因。

对边沁误会最深的当属同为思想家的马克思。马克思将边沁称为“庸人的鼻祖”，认为他的效用原则是“庸俗不堪的东西”，并说“边沁在哲学家中的地位，就象马丁·塔波尔在诗人中的地位一样……如果我有我的朋友亨·海涅那样的勇气，我就要把耶利米先生（边沁）称为资产阶级蠢才中的一个天才”。马克思痛诋边沁，主要是反对根据效用原则来评价人的一切行为、运动和关系——马克思认为，首先要研究人的一般本性，然后要研究在每个时代历史地发生了变化的人的本性，才是唯物史观视域下的科学的经济学。从这一点上看，马克思很犀利，确实也击中边沁学说的要害——日后边沁的门徒穆勒便坦承，“他既没有内在经验又没有外在经验”，缺乏对于人性之了解，几乎可以说不谙世事——活到85岁高龄，养尊处优，不食人间烟火，连一场病都未生过，遑论其他！但马克思赠予他的恶谥“庸俗”二字，边沁无论如何是消受不起的。事实上，边沁不仅毫无小市民的庸俗市侩之气，恰恰相反——正如英国政治家布鲁厄姆勋爵（1778—1868）所言，他天真率直，像一个讨人喜欢的孩子——而且终身保有这样的童趣（临终前还要拿自己的遗体开玩笑），堪称脱离了低级趣味的高尚之士（同时代英国大诗人柯尔律治将保持“童趣”视为天才的特权和标志）。马克思的误解和偏见，一方面是因为他将后来穆勒等人的经济学说（如将“可变资本或可转化为劳动力的资本，说成是一个固定的量”），误认为边沁所作；另一方面还因为，跟20世纪的哲学家如福柯相似，他其实“对边沁读得很少”。

在《惩罚与规训》一书中，福柯对边沁的“全景敞视型监狱”（或称“圆形监狱”）进行了毫不留情地抨击：它意味着一种强制性的管理方式，也意味着一种压抑美好情感的生活方式。边沁于1785年设计的圆形监狱由一个中央塔楼和四周环形的囚室组成；监狱的中心，是一座瞭望塔。所有囚室对着中央监视塔，每个囚室有一前一后两扇窗户，一扇朝着中央塔楼，一扇背对着中央塔楼，作为通光之用。这样的设计使得处在中央塔楼的监视者可以便利地观察到囚室里的罪犯的一举一动。囚徒不知是否被监视以及何时被监视，因此不敢轻举妄动，从心理上感觉到自己始终处在被监视的状态，时刻迫使自己循规蹈矩——在奥威尔小说《1984》中，人们就处在这样无所不在的监视之中。这样就实现了“自我监禁”——仿佛新闻审查制度下作者小心翼翼地先行自我阉割——由此，福柯断言：“对于边沁来说，这种具备一座有权力的和洞察一切的高塔的、著名的透明环形铁笼，或许是一个完美的规训机构的设计方案……全景敞视结构提供了这种普遍化的模式。”而事实上，福柯对边沁的“全景敞视型监狱”计划的抨击，其实不过是借边沁之名浇他本人心中块垒。考究边沁的本意，并非为加强对牢狱人犯的控制（边沁主张对所有掌握权力的执法者进行监督，并强烈反对所有不必要的惩罚）；相反，他对罪犯（尤其是贫穷之人）颇多同情，希望通过适当劳动解决其生计，通过新型监狱解决其住所，并可节约相当人力成本。在边沁看来，他的这一计划不仅适用于监狱，也该推而广之，应用于学校、医院，甚至政府人员的办公场所，以期达到“公开、透明”的目的。或许是福柯的误读，或许是故意曲解，总之由于福柯在当代学术界的影响，边沁自然被贴上自私冷漠的标签，不可避免地遭到污名化。

除了上述两位思想家的误解，穆勒的反戈一击也使得边沁的声誉备受打击。穆勒早年即追随边沁，对他的功利主义学说拳拳服膺，感佩不已。成年之后，由于遭遇强烈的精神危机，他的思想发生巨大变化，其兴趣爱好由哲学伦理学转向文学和诗学。据他本人说，对他影响最大的是蒙田《随笔集》中讲述蒙田之父去世时的场景与感受。这在情感上极大地震撼了穆勒，并将他从痛苦麻木的漩涡中解救出来："书中对场景和感情的生动描述感染了我，使我泪流满面，就从那一刻起，我的思想负担变轻了。那种自认为内心的所有感情都已消散的那种压抑感也已烟消云散。我不再绝望，我也不再是一块木头或石头。"由此，穆勒认为边沁的幸福观里缺少了一种"情感文化"——与之相反的是，"华兹华斯的诗歌……似乎正是我所追求的情感文化，从中似乎能汲取源源不断的内心欢乐，一种人和万物一体同仁的愉悦。这种愉悦可以由全人类共享……"穆勒发现，尽管边沁也追求人类共同体的福祉，但是他的幸福观只关注客观世界的改造，而穆勒本人的幸福观则兼顾人类主观世界的改造，因而后者要丰富得多，深刻得多。

穆勒进而断言，边沁"（他）实际上缺的是诗的陶冶"，因为他"生活平静，甚至波澜不惊。他不知道顺境与逆境，也不知道激情与贪婪"。也惟其如此，他的幸福计算法只有量的分析，而没有质的区分。事实上，在现代经济学中，边沁所主张的基数效用论（Cardinal Utility Theory）虽已被序数效用论（Ordinal

Utility Theory）所取代，但效用可以进行比较——即对幸福和痛苦进行类似成本收益计算——这一观念却影响深远，对于现代经济学的体系构建意义重大。日后穆勒提出“经济人”的概念就受到边沁的直接影响，而此后经济学家提出的关于利润最大化及效用最大化的边际原则等等，则不过是边沁“幸福和痛苦的微积分”的形式化表现。

穆勒还指出，在边沁的功利主义观念中，人们行为的目的就是追求幸福或满足；实现目的最为重要，而过程本身没什么意义。穆勒则相信人类行为可能包含着比幸福和满足广泛得多、深刻得多的意义。他说：“做一个并不满足的人要比做一头满足的猪好得多；做一个并不满足的苏格拉底要比做一个满足的蠢人好得多。”——关于人生的意义，穆勒一定会赞同萧伯纳的观点：“幸福并不是生活的目的；生活并没有目的；生活本身就是目的。”——可见，对人的行为动机的认识，需要更加广阔的视野和对人性的洞察，边沁功利主义的简单假设确实有些偏狭，这是穆勒对边沁的批判和发展。但穆勒（及其同时代的黑兹列特、卡莱尔）等人，批评边沁的观念“强硬、无情、机械、低俗、不敬神并且低级”；并认为他缺乏诗性情感和文学素养——由此限制了他的想象力和思想高度——显然有失偏颇。

其实边沁本人并不是文学和诗歌的天敌。相反，他酷爱音乐，文学修养很高。文学评论家相信边沁全集中的某些部分完全可以与艾迪生和哥尔斯密相媲美。边沁曾为出版潘恩《理性时代》的自由思想家理查德·加里尔捐款（后者因出版违禁品被罚 1500 磅），也曾翻译伏尔泰的《白牛》并于 1774 年匿名出版。1776 年，爱德华 · 吉本《罗马帝国衰亡史》第一卷出版，边沁立即购买并分赠亲友。或者正因为如此，穆勒晚年转而承认边沁对人类情感研究的贡献，并在《论边沁》一书结尾处宣称："我们就必须在智慧大师们中间、在人类的伟大导师和永远的知识明星们中间给边沁安排一个位置。他属于那些赋予人类不朽才能的人物之一。"

当然，后世对边沁"庸俗、狭隘、自私、冷漠"等负面形象的构建更多来自于狄更斯《艰难时世》——其影响远过于上述诸人之总和。美国当代著名哲学家玛莎 · 努斯鲍姆在《诗性正义：文学想象与公共生活》（1995）中曾引用过小说的一个场景：当葛擂硬（正如他的名字——Gradgrind，有逐步碾磨的意思——的寓意一样，他抹掉了孩子的天性，扼杀了他们的情感，毁掉了他们的生活）注意到他的孩子展示出一种奇怪的丰富想象力和一种病态的多愁善感的时候，这位经济学家和教育家便免不了这样探寻原因——"会不会有教员或者仆人给了他们什么建议，会不会是路易莎或托马斯读了什么东西？……因为从摇篮时代开始，智力就被循规蹈矩地培养出来的孩子们竟然会有这种情形？"努斯鲍姆指出所谓"经济学功利主义"的几乎所有特征，都典型地体现在小说主人公葛擂硬身上：他将一切都简化为计算的习惯，实际上抹杀了人的独特性、复杂性以及丰富性，于是便无法对人和人性的真实状况与需求做出正确的反应。这明显针对边沁所采用的一套量化计算方法——他不仅对快乐和痛苦做了 32 种分类，在陈述计算方法时也追求数学般的严密精确——这些做法使得法学或经济学“从莫名其妙之物变成为科学”(麦考莱语)。

根据一般人的看法，狄更斯小说讽刺的是边沁，然而对18世纪英国思想史稍加涉猎的读者便不难发现——更大的可能，小说家瞄准的靶心是穆勒父子。少年穆勒是公认的神童，在其父詹姆斯·穆勒的严格指导下，穆勒3岁开始学习希腊文，8岁开始学习拉丁文、代数、几何,到9岁时已读遍希腊史家重要著作。没有玩伴、没有嬉戏，唯有书籍与父亲的训诫。穆勒12岁开始学习逻辑学，进入到“一个更高的教育阶段，其中的教育对象不再是思想的辅助物和工具，而是思想本身”。此时所有课程都由他父亲直接教授，而这位父亲，也将他那种“不知道如何不工作”的谜一样的“智力机器”本性，传授给了年幼的穆勒。穆勒回忆其受教育过程时说道：“最显而易见的一个特点是，父亲在我童年时付出巨大努力，把被认为是高等教育的知识教给我，这种知识往往要到成年时才能真正学到。公正地说，比起同代人，我早期教育的开始时间早了二十五年。”不仅如此，他被父亲要求减少与其他孩童接触，特别是不能受到学校生活的影响。对此，穆勒的述评是：“为了不让我受到学校生活对道德的败坏性影响，父亲却从未为我提供足够替代学校教育的实际影响。”——可见，狄更斯小说中葛擂硬对子女的教育模式，堪称是穆勒父子的翻版。

平心而论，边沁在后世被误解，很大程度上跟他的语言文字风格有关——同时代哲人宣称“边沁擅长把他的思想包裹在晦涩外衣内，以确保这些思想不被理解”，可谓一语中的。更有人将他的著作视为“现代的梵文”，认为其难度超过希伯来语著述。但很少有人明白，边沁的深奥晦涩，更多是追求精确性的结果。正如英国著名散文家悉尼·史密斯（1771—1845）所言，“唯独那些了解其原创性、知识、力度和勇气的人，才会阅读边沁原著”——而很少有读者愿意“付出如此巨大的代价来寻求进步”。美国思想家爱默生在演讲名篇《论自立》中断言：伟人就是被误解。而被穆勒称为“人类伟大思想家”的边沁，无疑就是这样一位被误解的伟人。

《佛罗伦萨的神女》：文艺复兴的多元视角

2010 年，英国著名历史学家、剑桥大学人类学教授杰克·古迪爵士出版巨著《文艺复兴：一个还是多个？》，其主旨在于揭示西方文化史上影响深远的文艺复兴运动并非局限于 14—16 世纪，亦非西欧所特有——早在公元 8—9 世纪便有加洛林王朝文艺复兴，其后有犹太教文明的繁盛，再后更有自公元 10 世纪绵延至 16 世纪的伊斯兰教文艺复兴。似乎意犹未尽，古迪教授在书的后半部分甚至另辟专章探讨“中国的文艺复兴”和“印度的文化延续性”——最后一点，极有可能受到此前一年出版并在西方世界引发争议的萨尔曼·拉什迪历史小说《佛罗伦萨的神女》的影响。

小说《佛罗伦萨的神女》的风格是一如既往的魔幻现实主义，或更准确地说，是魔幻历史主义。拉什迪从他的第一部小说起，梦境与现实，史实与想象，巫术与传说，便浑然交织在一起：虚虚实实，亦真亦幻，令读者眼花缭乱。而这一部小说的结构，用一句话说，就是“故事里的故事”。《佛罗伦萨的神女》据说是迄今为止拉什迪写得最为痛苦的一部小说。单看书后长达 8 页之多的参考书目，就可以想象小说家用力之勤。当然考据只是一方面，像乔治·艾略特笔下的老夫子卡苏朋，整理出满满一屋子卡片，却未必能写成他梦寐以求的《世界神话索引大全》。而剑桥历史系出身的拉什迪，除了渊博的学识，还有高超的叙事技巧——自布克奖小说《午夜的儿女》（1981）问世起，他就被誉为“讲故事的高手”。

小说的情节可分为三部分。第一部分：一个自称“莫卧尔情人”的佛罗伦萨青年莫格（他是马基雅维利的好友）来到莫卧儿王朝阿克巴大帝所在的皇城丝克瑞。莫格自称英国女王伊丽莎白特使，随身携带女王的国书，由此得以觐见皇帝。他此行的主要目的就是要亲口对皇帝讲一个故事，来证明他本人也具有皇室血统，论辈分比皇帝还要长一辈。第二部分是小说的女主人公、莫卧儿王朝的公主“黑眼美人”阔兹的身世。她是阿克巴大帝的姑奶奶。在王朝兴起之初对外征战的过程中，阔兹先是沦为乌兹别克部落首领的俘虏，后来又被波斯王俘获，最终成为佛罗伦萨青年将领阿卡利亚的情人。阿卡利亚死后，她又流亡到美洲新大陆，并在那里生下莫格。最后她又魂归故里，进入到阿克巴的梦中。小说的第三部分场景又回到阿克巴皇城。皇长子萨利姆发动的一场叛乱几乎耗尽帝国的元气，皇帝意识到权力并非万能，选择退位。莫格也准备逃亡。临行前，皇帝猛然发现真相：莫格并非公主的后裔，而是公主的“镜子”——一个女奴的后代。整个故事，不过是叙述者的一个幻梦而已。

拉什迪在小说面世后接受采访时曾说，他的创作动机有两个：一是为马基雅维利正名——他不是现代人心目中权欲熏心、不择手段的“马基雅维利主义”者；一是要揭示“西方民主”和“东方智慧”之类的词汇并不具有实质性的意义：西方“民主”政体未见得比东方君主专制更高明，正如东方人的“智慧”未必胜过西方。用小说中“黑眼美人”的话说，“根本不存在所谓东方智慧”。她来到传说中的文化名城佛罗伦萨，却发现这里的男人、女人跟她家乡的人们一样愚蠢——在这里拉什迪似乎要向英国哲学家罗素致敬。罗素曾说，我本来相信人是理性的动物，可是当我走过三大洲四大洋，却发现无论走到那里，人们都是一样的疯狂。

美第奇家族治下的佛罗伦萨城奉行的是继承自古罗马的共和政体：外有强大的海军力量使城邦免遭侵略，内有民主选举的议会保障政令畅通，经济繁荣、文教发达。但就在这风光无限的表象背后，政客们的内讧纷争和王公贵族的穷奢极欲已经为城邦的败落投下阴影。小说的主人公马基雅维利一开始便已预感到他本人及城邦的不幸：他为城邦忠心耿耿服务 14 年，做过驻外使节，包括教廷使节，也在军队中服过役。但由于政治斗争失利，美第奇家族的罗伦佐卷土重来。他的忠诚受到怀疑，严刑拷打之后又被流放到城邦近郊，最终惨死他乡。城邦也在战火中化为灰烬。

年轻时代的马基雅维利曾亲眼目睹佛罗伦萨上流社会奢靡生活的场景，大为震撼——当时他和朋友埃戈（其兄长亚美利哥日后发现新大陆）一同去拜访当地名媛亚力桑德拉。女仆命令他们在卧房外等候，而映入眼帘的是艳妇横陈在卧榻之上，一名贵族吮吸她的左乳，右边则是她的宠物狗。美貌绝伦的亚力桑德拉将追逐她的达官显贵玩弄于股掌之中。眼看这些男人为她争风吃醋，甚至拔刀相向，是她最大的乐趣。而这些贵族能够登堂入室的条件，小说家告诉我们，除了雄厚的资财，更必不可少的是但丁的情诗和彼特拉克的十四行——日后为世人传诵的名篇，当日不过是进入她闺房的敲门砖。

马基雅维利的另一位朋友阿卡利亚骁勇善战，为城邦立下赫赫战功。当他携“黑眼美人”阔兹返回故里时，却无端受到猜忌。别有用心的人宣称他诱拐了强大的莫卧尔王朝公主，仿佛神话中帕里斯诱拐海伦，必将引起一场大战，危及城邦安全。阔兹的到来给污浊混乱的城邦灌注一股清新之气。她的美貌摄人心魄，她的风度和智慧则令整个城邦为之倾倒：行为放荡之人变得贞洁，贫瘠的土地长出庄稼，连城中的河水也变得清澈透明——整个城邦焕发出勃勃生机。

觊觎阔兹美色的佛罗伦萨大公借机将阿卡利亚派往外地作战，但阔兹却没有屈服于他的淫威。在屡次逃脱其魔爪之后，恼羞成怒的大公诬陷她是施展巫术的“妖女”。城邦的民众对她的崇拜（尊奉她为“神女”）也很快消失。他们认为当初是受到她东方“魔法”的蛊惑，现在才如梦方醒：正是她给城邦带来灾难。为拯救城邦，首先要除掉妖女。幸亏阿卡利亚及时赶到，舍身相救，帮助阔兹逃离佛罗伦萨，去往遥远的新大陆。

拉什迪在小说中展现的16世纪末的佛罗伦萨城邦，物质生活极大丰裕，文化艺术也高度发达，但人们的道德状况显然并不与此同步。上至王公大臣，下至黎民百姓，整个社会弥漫着淫佚之风，几乎所有人都耽于享乐、不思进取。似乎这也从另一个侧面反映出作家一贯的观点：文学艺术与道德水准了无干涉。

民主政治被西方人宣称为具有普适价值的、可以放之四海的真理，但小说中反映的共和政体，却如同专制政权一样糟糕：

权力是最好的春药。政客们相互倾轧，得势的一方将另一方罢免、流放、砍头；等到另一方再起，又是一场轮回。在此过程中，头脑简单且不明真相的民众则成为各派所争抢、利用的工具，由此整个城邦也长期陷于动荡暴乱之中。

和佛罗伦萨不同，阿克巴大帝治下的帝国及皇城大部分时间都处于安定的状态。阿克巴继承祖父的基业，但和惯于打打杀杀的先辈不同，他更喜欢沉思。他时常思索的问题包括：梦境与现实的关系，宗教和信仰自由，以及权力的真谛。为鼓励学者们自由思想，他在皇城新建学宫：两派学者“饮水党”和“饮酒党”时常在那里辩论，凡是一方赞同的观点另一方必定加以反对。皇帝本人有时也亲自参与，并且总是最高裁判。为平息后宫纷争，他假想出一位贤惠而美貌的皇后——仿佛神话中的皮格马利翁——皇后不仅出现在他的梦里，更走进现实生活。“我们都活在别人的梦中”，皇后告诉他，梦也是生活的一部分，或许梦就是真正的生活。皇后对传教士所讲的西欧诸国不感兴趣，阿尔卑斯山跟喜马拉雅山相比不过是个小土包；那些西欧小国的君王在她眼里完全是野蛮人；他们甚至还把自己的神钉死在树上。皇后相信本朝的经济文化实力及文明的水平要远远高于传说中的西欧小国。

皇帝的目光显然更为长远。他将佛罗伦萨的年轻人莫格留在宫里，听他讲述海外奇闻。后者的话题不断引起他更新的哲学思考。有时皇帝觉得对他的喜爱胜过自己的儿子。王位继承问题一直令他纠结：皇长子萨利姆乖张凶悍，但相对于其他人的懦弱无能，可能更适合统治一个庞大的帝国。皇帝对诸皇子都不放心。他派出贴身侍卫，侦察诸位王子大臣的一举一动。帝国经过多年休养生息，国泰民安。作为一代圣君，他时常自诩其权力授之于天；而作为万民主宰，他有责任运用手中权力保护他的子民。这又使他时常深感责任重大。

皇帝看上去优哉游哉，其实他的心事却日益沉重。情报说萨利姆在他的王妃白小姐（一个类似于麦克白夫人的残忍角色）鼓动下，暗地招兵买马，准备叛乱。皇帝当然可以立刻将他诛杀，但帝国也可能由此陷入长期混战。萨利姆深谙君王之道，在掌权之初大肆滥杀无辜、强占民女，但随后又逐步示人以仁慈，让治下百姓感激涕零。在皇帝看来，这正是成为一个强大君主的条件。

萨利姆设下埋伏，诛杀皇帝最为亲信的大臣，而后公然举兵杀向皇宫。皇帝决定退位。他将萨利姆召来训斥一番，而后者也不失时机地痛哭流涕，深表悔恨，于是双方心照不宣地完成政权交接——终其一生，皇帝都在思考如何运用权力使民众幸福。现在他忽然意识到，交出了权力，才能使人幸福。

书中拉什迪向马基雅维利致敬之处在于对权力本质的认识。马基雅维利在《君主论》中主张：权力取自于民或取自于天，与个人道德并无太大关系。但关键在于如何运用权力：君王的道德跟常人一样可能不无瑕疵，但在处理军国大事时，就不能以常人的道德标准来要求君王。阿克巴大帝最终选择“禅让”，因为他顾及的是帝国的安危。这是马基雅维利推崇的开明君主。道德或许只是为常人所设，而有作为的君王如果拘泥于此，无疑会妨碍他的大德：为黎民众生谋求福祉。与阿克巴相对的是小说中描写的一位部落首领：两军对垒时明知敌强我弱，却不肯采用偷袭战术，非要讲求Fair Play的绅士风度，最后兵败被俘，身首异处。类似于中国古代历史上的宋襄公，成为千古笑谈。

对于东西方文明的关系，拉什迪刻意选取两个代表：一是代表西方向东方传授政治思想的“莫卧尔情人”莫格，一是代表东方向西方传授生活智慧的“黑眼美人”阔兹。尽管后者不承认有什么东方智慧，但她的降临还是给处于暴乱混战中的佛罗伦萨城带来安宁祥和的气息，因为东方人的生活推崇大自然的模式：安宁、平缓、重复。而在这种平静之中自有其恒久的力量和对生命的执著追求。同样莫格的到来也使得王宫上下对西欧人更多一层理解，比通过传教士的了解更为深入。佛罗伦萨城文学艺术的高雅则更令人引领遥望。借助小说中来回切换的空间视角，拉什迪向读者展示了两座城内社会各阶层人士的全景生活。正如小说中人物所说，或许人们只是穿衣不同，语言不同，而人与人之间的感情，或天性，则并没有什么两样。无论何时，身处不同国度的人们的相似性都要远大于他们的差异性。因此异质文明必须得到尊重：相互包容、取长补短，才能达到和谐，共同发展——“人只有站在圈外才能看出这是一个圆”。

拉什迪在小说中念兹在兹、反复申言的是，迷信和专制并不是神秘东方的特质，开化和人文精神也不是西方的代名词；每一种文化都蕴含着美和丑，残忍或仁慈。在小说的结尾，从遥远国度飞回故国的阔兹进入皇帝梦中。通过与莫格以及阔兹的交流，皇帝的哲学思考也更为深入：“只有接受人必有一死的事实，我们才能理解活着的意义”；“是人创造了众神而不是众神创造人”；“人类所遭受的诅咒不在于我们之间如此不同，而在于如此相似”。

知识，在小说家拉什迪看来，从来不是原创。它不过是人类经验的传承和积累。一代又一代人将他们的经验积累起来传承给下一代，就成为智慧。传统本身就是人类智慧的结晶。伊斯兰教、基督教或者道教、佛教，其中都寓涵着人生的大智慧。舍弃自己的传统去拥抱异域文化固然不太明智，而非要将自己的文化传统强加于人，则更是野蛮的行径。从这个意义上看，正如古迪教授在《文艺复兴：一个还是多个？》一书的结论部分所说：在超过一千年的时间里，东方的发展沿着一条与西方“几乎平行”的路径，很难作高下之分——这一事实暗示通往“现代化”的途径或许不止一条。正是与阿拉伯世界以及印度与中国的文化交流最终导致了意大利文艺复兴——“站在社会学的立场上来看，复兴运动有很多，且并不局限于‘资本主义’或者西方。欧洲的经历并不独特，它也不是一座文化的孤岛”。

悲情胡克

2009 年，英国皇家莎士比亚公司剧团上演《托马斯·霍布斯的悲剧》，其中出现牛顿手撕胡克画像的场面，似乎坐实了两百余年来在英国科学界以及民间流传甚广的一则传闻。牛顿对胡克是如此痛恨，因此 1703 年当后者去世并由他本人继任皇家学会会长后，牛顿下令清除与胡克有关的一切痕迹——胡克实验室和胡克图书馆被解散，胡克所有的研究成果、研究资料和实验器材或被分散或被销毁——连胡克唯一存世的画像亦未能幸免。文人科学家之间的相爱相杀，自古及今，屡见不鲜，但如此这般的深仇大恨却是世所罕见。胡克何许人也？他与牛顿之间又有何矛盾纠葛？

今日在科学史上令名不彰的胡克是 17 世纪英国最杰出的科学家之一。他在力学、光学、天文学等多方面都有重大成就。他所设计和发明的科学仪器在当时无与伦比——他本人被誉为英国的“双眼和双手”。1655 年，胡克率先提出光的波动说，认为光的传播与水波的传播相似。1672 年，胡克进一步提出光波是横波的概念。此外，胡克更主要的工作是进行了大量的光学实验，特别是致力于光学仪器的创制。他制作或发明了显微镜、望远镜等多种光学仪器。

胡克在天文学、生物学等方面也有贡献。他曾用自己制造的望远镜观测了火星的运动。1665 年胡克根据英国皇家学会一位院士提供的资料设计了一台复杂的复合显微镜。有一次他从树皮切下一片软木薄片，放置到自己发明的显微镜下观察。他观察到了植物细胞（已死亡），觉得他们的形状类似教士居住的单人房间，因此使用单人房间（cell）一词命名植物细胞。是为人类史上首次成功观察到植物细胞。同年，胡克出版《显微制图》一书，该书包括了一些他使用显微镜或望远镜进行科学观察的结果，包括上述的软木切片（胡克所用的显微镜至今仍然保存在位于华盛顿的美国国家健康与医学博物馆中）。受该书启发，荷兰工匠列文虎克对胡克的显微镜镜片进行了改进，从而得以对微生物进行更为深入细致的观察，被后世尊称为“微生物学之父”。

《显微制图》一书奠定了胡克科学天才的声望。该书于1665年1月出版，每本定价为30先令（极其昂贵），引起轰动。书中，胡克绘画的天分得到充分展现——书中包括58幅图画，在照相术尚未问世的年代，这些图画都是胡克亲手描绘（可惜的是，胡克自己的画像却一张也没有留存下来）。《显微制图》一书为实验科学提供了前所未有的既明晰又美丽的记录和说明，开创了科学界借助图画这一直观的交流工具进行阐述和论证的先河，为日后的科学家们所效仿。后来担任英国皇家学会会长的塞缪尔·佩皮斯（任期1684—1686）就在阅读胡克这本书后（他称赞该书为他一生中所读过的“最具天才的作品”），对科学发生了浓厚的兴趣——1665年2月，他购买仪器加入皇家学会。

除此而外，胡克的发现、发明和创造成果也极为丰富。胡克对当时的机械进行了很多改造，并发明了很多新装置。他发明了锚型擒纵机，也发明了摆轮游丝，通过这一装置，可以按周期控制发条宽紧，至今仍是钟表制作中的关键部件（他也因为这一装置的优先权问题和荷兰物理学家惠更斯产生了长期的争论，直到2006年在英国汉普顿郡一家人的橱柜中发现了胡克保存的皇家学会会议记录，方始提供了对胡克有利的证据）。他也是史上首位制造出万向接头（或称胡克接头，可以允许刚性杆向任意方向运动）的科学家，这一发明至今仍广泛应用于车辆的传动装置中。此外风向仪、水平仪等装置的发明权也常常归功于他。如今更鲜为人知的是，胡克还是一流的设计师。1666年，伦敦大火令一万多间民房化为乌有，胡克作为助手跟随建筑大师雷恩爵士投身于伦敦灾后重建，设计出一批古朴优美的建筑，后来的格林威治天文台也出自其手。

相比而言，胡克在力学方面的贡献尤为卓著。首先他建立了弹性体变形与力成正比的定律，即胡克定律。其次，他还同惠更斯各自独立发现了螺旋弹簧的振动周期的等时性，并曾协助玻意耳发现了玻意耳定律。另外，在研究引力可以提供约束行星沿闭合轨道运动的向心力问题上，1662年至1666年间，胡克做了大量实验工作。实验结果支持吉尔伯特的观点：即引力和磁力性质类似——1664年胡克发现彗星靠近太阳时轨道呈现“弯曲”，由此他根据修正的惯性原理，从行星受力平衡观点出发，提出了行星运动的理论。1679年，在致牛顿信函中他正式提出引力与距离平方成反比的观点——但由于缺乏数学手段，此时尚未得出定量的表述。

平心而论，胡克对万有引力定律的发现起了相当重要的作用。他在信中提出假说：设想地球表面抛体的轨道是椭圆，因此地球如果能穿透，物体将回到原处，而不像牛顿所说（物体的轨迹是一条螺旋线），物体最终将绕回到地心。对此假说，牛顿没有做出回复，但无疑接受了胡克的观点，随后并在开普勒关于行星运动的第三定律基础上用数学方法导出了万有引力定律。1686年，牛顿将载有万有引力定律的《自然哲学的数学原理》卷一的稿件呈送给英国皇家学会时，胡克希望牛顿在序言中能对他的劳动成果适当“提及一下”，遭到牛顿的断然拒绝。胡克恼羞成怒，发表公开信指控牛顿剽窃他的科研成果。

牛顿闻讯大为震怒。他在回信中不断提到胡克的名字，几乎逐字逐句地全面反驳胡克的每一点批评质疑，以至于后世有人夸张地形容牛顿此文“实际上用胡克的名字串起了一首叠句诗”。随后，他重新仔细检查了一遍《原理》手稿，从中删掉了绝大多数有关胡克的引用。仅在第三卷中稍有提及，语气也从“非常尊敬的胡克先生”，变成“胡克”——尽管他在多年后给友人通信时坦承：“胡克纠正了我的螺旋路径，引发了我重新探讨椭圆形，才能使我发现这个理论。”其实当时令牛顿出离愤怒的，不仅是胡克无端的“剽窃”指控，更因为后者擅自将二人商讨科学的私人信函公之于众。牛顿本人与哈雷、惠更斯以及莱布尼茨等就科学发明权的归属皆有过争论，他的心胸狭隘、睚眦必报也是人所共知——不过，照科学家柯蒂·萨普里的说法，牛顿既不是第一位也不是最后一位科学史上个性异常的伟大科学家——“这是进步向人类征收的一点税收”。但就引力问题而言，胡克针对牛顿之前的错误假说，并未直言相告，而是让牛顿在皇家学会宣读论文，然后抛出自己的正确观点，不仅有违科学精神，为人也难称厚道。事实上，“第一流人物对于时代和历史进程的意义，在其道德品质方面，也许比单纯的才智成就方面还要大”。爱因斯坦这句话堪称是对胡克一生最好的注解。

爱因斯坦曾说过：我不能容忍这样的科学家，他拿出一块木板来，寻找最薄的地方，然后在容易钻透的地方钻许多孔——胡克就是这样的科学家。他涉猎颇多，但所有贡献都不是独创性的，力学上提出了胡克定律，但也仅是浅尝即止。光学领域贡献颇大，但公认的光学代表却是惠更斯。他改进了望远镜和显微镜，却是在别人的基础上，他发现并命名了细胞，对于微生物的研究却是荷兰工匠列文虎克完成的。从这个意义上说，胡克真的是一个在大海边玩耍的孩子，捡起了很多美丽的贝壳，但是又随手丢弃，如果在任何一方面深入下去，他完全有可能和牛顿一起并耀星空。

影响胡克取得更大成就的另外一个原因与他的科学方法有关。众所周知，近代早期的科学活动并行着物理–数学和经验–实验两种流派。后者满足于新事实的发现以及构建局部的理论来解释，它不是沿袭关于实在的数学建构的柏拉图理念蓝图，而是发展了关于原子结构的德谟克利特的传统——这股潮流的主要成员是伽桑狄、波义耳和胡克。他们一般更喜欢谨慎的和安全的、微粒的哲学，而不是伽利略和笛卡儿的泛数学主义。与牛顿相比，胡克更重视实验数据而轻视抽象思维，重归纳而轻演绎——更多天才的推断而缺乏数学方法的验证。而牛顿在科学实践中恰恰整合统一了这两种流派的精髓，从而形成了数理－实验哲学思想。这正是胡克的局限性所在。

胡克成名甚早，很早便担任波义耳的助手，后来被任命为皇家学会干事，17 世纪 70 年代开始担任会长直至去世。他的成长离不开波义耳和雷恩爵士等人对他的提携，但遗憾的是，他本人日后对年轻一辈的科学家却强行打压，在学术共同体造成了恶劣影响。比如牛顿在 20 岁左右向皇家学会呈送他发明的反射式望远镜，结果遭到胡克讥讽，乃打算退出学会。德国科学家莱布尼茨跨越英吉利海峡，向英国皇家科学院展示手摇计算机，颇受好评——胡克却认为不过尔尔，致使这一发明未能及时在科学界推广。

不但对对手像严冬一样冷酷无情，对战友，胡克同样也不放过，惠更斯作为法国科学院掌门人，与胡克同属光的波动说阵营，二人一直争执游丝弹簧（例如，手表里的发条）的发明权。由于事关两国颜面，当时又没有欧盟或海牙法庭之类的仲裁机构可以评判孰是孰非，无奈皇家科学院只好规定，以后任何会议不得讨论游丝弹簧发明权的归属。由此可见，身为英国科学界祭酒的胡克缺乏一种天下为公的学术精神，而是把科学研究当作自己的禁苑，把科学当作换取世俗富贵的筹码。如此行径，不但阻碍了科学的进步，同时也令自己名誉扫地。这可谓是他一生最大的悲剧。

不仅如此，胡克生性喜欢张扬，在科学领域并未严格划分的 17 世纪，他的许多思想学说往往以会议论文形式四处传播，其后期成果也容易为他人捷足先登。本来他完全可以秘而不宣，或像牛顿那样等到著作大功告成再对外宣传。对于前期研究成果不断被他人模仿甚至超越，胡克不仅没能反求诸己，反而迁怒于人——他控告皇家学会，宣称其会刊《哲学学报》“从事一种知识性的贸易”（犹如今日知网），从而侵害了作者的著作权。此论一出，科学界一片哗然。这一场著作权纠纷也成为他人生最大的败笔。

胡克的悲情遭遇说明：当世再伟大的人物，在历史教科书中可能只不过是一则注脚而已。

傅立叶与法朗吉：昙花一现的“和谐社会”

法国思想家夏尔·傅立叶（1772—1837）长期过着孤独而简朴的双重生活：白天，为了维持生计，他不得不替资本家打工，从事他所痛恨的商业活动；到了晚上，他才能沉醉在美好社会的幻想中，彻夜写作。其实傅立叶本来十分富有：他早年丧父，父亲给他留下一大笔遗产，附加一个颇能体现商人“狡黠性”的遗嘱：如果傅立叶从事商业，到了二十岁便可继承三分之一的财产；如果他继续从事商业并且顺利结婚，那么到二十五岁时便可以继承第二个三分之一的财产；到三十岁时便可继承最后三分之一的财产。这个遗嘱迫使傅立叶不得不从事他并不热心的商业。可是等到他如愿以偿继承全部家产、摇身一变成为富商之时，雅各宾派攻克里昂，一场突如其来的大革命直接导致他倾家荡产——不仅所有资产被没收，他本人也身陷囹圄——同时，也正是因为这场无妄之灾，他对当时流行的一切暴力革命学说深恶痛绝，从而走上了社会改良的道路。由此，他开始系统性地学习社会科学和自然科学知识，并在 19 世纪初连续出版了《全世界和谐》《新世界》等作品，力图揭示资本主义社会制度的黑暗面，构建“和谐社会”——通过由合作社组成的“法朗吉”这一新型社会组织形式（他本人的确于 1832 年在巴黎近郊创办法朗吉，可惜昙花一现，次年便宣告失败）。他的乌托邦社会改造计划日后也成为马恩科学社会主义的重要理论来源。

乌托邦一词最早出现在1516年托马斯·莫尔发表的同名作品中。1839年，法国经济学家布朗基在《政治经济学》一书中首先将乌托邦与社会主义相联系，后泛指空想社会主义。在1825年英国爆发第一次经济危机之后，正是傅立叶率先提出这是“生产过剩引起的危机”，是“多血症的危机”，从而阐明了资本主义经济危机的实质。

在《文明制度的批判》一书中，傅立叶尖锐地讽刺道：在资本主义社会里，“医生希望自己的同胞患寒热病；律师则希望每个家庭都发生诉讼；建筑师希望一场大火把一个城市的四分之一化为灰烬；安装玻璃的工人希望下一场大冰雹把所有的玻璃打碎；裁缝和鞋匠希望人们只用容易褪色的料子做衣服和用坏皮子做鞋子，以便多穿破两套衣服和多穿坏两双鞋子——为了商业的利益，这就是他们的合唱。这是反协作制经营方式或颠倒世界的必然结果”。在傅立叶看来，这就是这个暴虐社会的本质。甚至连资产阶级婚姻也是“合法的卖淫”，用傅立叶的话说，“正如数学中负负得正，一对卖淫成就道德”。

与当时的主流经济学家观点不同，傅立叶敏锐地观察到劳动者的贫困随着生产的发展而不断加剧，并由此辩证地提出了他的著名论点：“在文明制度下，贫困是由富裕产生的。”照马克思的看法，傅立叶对资本主义“文明”制度的抨击超过古今任何一位思想家——他宣称“文明制度的机构在一切方面都是巧妙地掠夺穷人而发财致富的艺术”，因此对于从事生产劳动的人来说，“文明制度是根本的灾难”。受17世纪英国温斯莱坦《自由法》和18世纪法国摩莱里《自然法典》等学说影响，他主张废除私有制。在他看来，资本主义社会是富人的天堂、穷人的地狱，是一切罪恶的渊薮。他认为资本主义商业“只不过是有组织的合法抢劫活动而已”。同时代的思想家、空想社会主义者圣西门曾经直白地劝告无产者：“私有者虽然在人数上比你们少得多，而他们的文化却比你们高得多，为了共同的福利，应当按照文化程度分配统治权。”对此傅立叶强烈表示反对——他把社会危机根源归因于圣西门之类“哲学家”的低能。在傅立叶看来，“哲学家”提出以理性为核心的政治科学和道德科学，而这些知识并不符合宇宙与世界运动的规律。据此，他提出了自己的科学学说和理论体系。

傅立叶的哲学体系非常独特，是宗教和科学的杂糅。傅立叶认为，宇宙有三个本原：一个是上帝，一个是物质，一个是数学。第一本原上帝是积极的、作为推动力的，第二本原物质是消极的、被动的，第三本原数学是用来调和运动的。由此出发，傅立叶将从“某种新的科学里面寻求社会幸福”作为自己的理论使命，并指出这种新科学就是“情欲引力论”。在此，傅立叶借用天体演化理论分析人的存在本质，强调引力与斥力的对立统一是决定人的存在的本质因素。“引力”表现为客观、自然的本能，也称为情欲引力，是人的存在的推动力，代表上帝的声音；“斥力”表现为主观、理智方面，代表为理性。而所谓文明社会则是过度强化理性的作用与功能，导致对理性的误用、滥用，造成“引力”和“斥力”的对立，从而引发社会危机。傅立叶提出情欲是影响社会发展的决定因素——发现情欲引力理论，便是发现社会变化发展规律。傅立叶自我吹嘘这是他发现的第一种科学："我很快就发现，情欲引力的规律在各个方面都符合由牛顿和莱布尼茨所阐明的物质引力规律。物质世界和精神世界在运动体系上具有同一性。"

傅立叶构建和谐社会的基本组织是"法朗吉"。"法朗吉"源于希腊语"队伍"一词，意指整齐的步兵队伍。傅立叶用该词作为社会基本单位的名称，是为了表示和谐制度中社会生产的有组织性和协调性。傅立叶对协作制度的优越性褒扬有加——通过他精密的数学运算，他发现协作制度下的厨房和资本主义经济制度下的家庭厨房相比，会节省十分之九的燃料和二十分之十九的劳动力（而燃料的节省，又有助于森林的恢复以及水源、水土气候的好转，从而实现生态环境的根本改善）。

在傅立叶的设计蓝图中，"法朗吉"占地不过数平方法里，固定人数1620（因为根据他的科学研究，人的性格共有810种），这些人都居住在一栋叫"法伦斯泰尔"的公共大厦里（其中每一活动场所都与自然相接，风景如画，是天人合一的理想居所）。大厦的中心区是食堂、商场、俱乐部、图书馆等建筑；建筑中心的一侧是工厂区，另一侧是生活住宅区。"法朗吉"的资金由入股方式筹集，居民可以将自己的土地、房屋、生产工具折价入股，资金可以自由流动，居民有权继承、赠送、买卖股份。"法朗吉"按人们的年龄、性格、气质配备16个部和32个队，队下面根据不同性格组合设置谢利叶，一个"法朗吉"通常有200个谢利叶。"法朗吉"的最高权力机关是评判会（相当于希腊城邦的"十人团"），日常事务则由管理处负责。

傅立叶的科学设计尤其注重儿童教育。"法朗吉"的儿童从三岁起就开始学习生产劳动技术和艺术活动，为此“法朗吉”设有专门供儿童使用的小工厂、小工具等等。从三岁开始直到成年，儿童必须参加各种不同劳动。在“法朗吉”里，劳动、学习和科研活动融为一体——每个社会成员既是劳动者，又是受教育者，同时也是艺术工作者和科研工作者。傅立叶深信，这种新制度必将造就出许许多多的荷马式的诗人、牛顿式的数学家、莫里哀式的剧作家和各种各样的伟大人物。马克思和恩格斯对傅立叶的教育思想极为赞赏，指出“这些观点是这方面的精华，并且包含着最天才的观测”。同时，傅立叶提出按照“资本、劳动力和才能来确立”的分配原则，也得到马恩的一致好评。

马克思和恩格斯曾多次援引傅立叶的理论，例如，马克思在《资本论》中将工厂定义为“温和的监狱”，便引自傅立叶著作。此外，傅立叶关于消灭脑体差别和城乡对立的精辟思想，后来也为科学社会主义所汲取，成为马克思主义的直接理论来源。在傅立叶设计的和谐制度里，旧式社会分工已不复存在，也不再存在城乡之间的区别和对立。在这个新世界里，劳动已成为人们乐生的需要，人人都参加生产劳动。劳动不像在“文明”制度下是一种沉重负担，而是每个人天生的爱好。傅立叶甚至说，那时，娱乐活动将吸引人们去劳动，而劳动将成为比现在看戏和参加舞会更加诱人之事。在和谐制度下，当每个人都能根据自己的兴趣工作的时候，劳动就恢复了它的本来面目，真正成了人们的爱好，成为一种享受，此即为“劳动和享受的同一性”。在马克思看来，生产力的发展与休闲的实现是相辅相成的，生产力发展为休闲提供了物质基础，而休闲也是促进生产力发展的一个重要因素。人们可以根据自己的意志与兴趣，根据个人的不同需求，自由地调换工作，实行“短时工作”——“法朗吉”的工作日由若干“短时工作”组成,每次的工作时间最长为2小时。一个人在一天的时间里可以从事各种类别的工作，而且每一天的计划安排都会各不相同。傅立叶认为，这样自由的变换工种，“劳动就成为人们的快乐生活的需要，每一个人在每一天的每一段‘短时工作’时间内都能得到‘双重的快乐’”。——因为协作制度使人能够凭兴趣从事工作，能够诚实、公正地从事工作，因此必然会导致产量的提高。恩格斯在1843年的一篇文章中高度评价傅立叶的“劳动和享受的同一性”的理论，进而指出：“虽然傅立叶不像圣西门及其门徒的著作那样闪耀天才的光芒，虽然他的文体有些晦涩，表达自己的思想常常显得非常吃力，可是我们却更乐于读他的著作，从中看到有价值的东西更多，剔除他著作中神秘主义的色彩以后，就是科学的探讨，冷静的，毫无偏见的，系统的思考。”

傅立叶常以科学家牛顿自居，曾自谓“我也跟牛顿一样，被一个苹果指出了思想的方向”。——他在巴黎费弗里叶餐厅进餐时一个苹果花了14苏（sou），而在外省，这一天价可以买到100只苹果——“于是我开始怀疑工业体制中存在基本缺陷，并从此着手探索。经过四个年头，我发现了工业组织的谢利叶，最后又发现了被牛顿所疏漏的世界运动规律。”

傅立叶是法国历史上首屈一指的预言家。基于他的科学研究，他预言未来数百年，海水将失盐，气候将变暖，北极会比地中海更加温和；他支持妇女解放（他于1837年首创女性主义

Feminism 一词），并赞成保护同性恋权益；他晚年鼓吹让犹太人返回巴勒斯坦定居，以保证欧洲区域安全；此外，他还大胆预见地球居民不能超过 50 亿，否则会引发生态和资源危机；他甚至还预见了高消费社会的来临——在他看来，高消费并非奢侈浪费的代名词，相反，它会使社会生产达到普遍完善的境地。傅立叶以讥讽的口吻指出，那些宣扬苦修的、斯巴达式的共产主义者如马布利等人，“拥护希腊和罗马的荣誉，结果是徒劳无功的。他们向人民介绍：‘贫穷就是幸福，必须抛弃财富和刻不容缓地接受哲学的信念。’那些道德的永恒真理也是徒劳无功的”。——节制嗜好、欲望和人性需求的禁欲主义是错误的，是对人的本性的歪曲。

对于他的科学性预言，恩格斯曾给予热情洋溢地评价：“正像康德把地球将来要归于灭亡的思想引入自然科学一样，傅立叶把人类将来要归于灭亡的思想引入了历史研究。”不仅如此，恩格斯在 1846 年还将傅立叶《论商业》的重要片段亲自译为德文出版，并动手添加了不乏溢美之词的序言和按语。

毋庸讳言，傅立叶的“济世良方”，跟他的真伪参半的预言一样，含有十分虚幻的空想性质——以科学之名，傅立叶强行将科学问题与他的直觉创悟糅合在一起，并试图用前者来验证后者。而事实上，科学与直觉各有自己的思维路径和特点，不能跨越各自的疆界——不能用科学来解释直觉，也不能用科学来为直觉或顿悟背书。美国 19 世纪著名思想家爱默生曾一针见血地指出，傅立叶的天才构想几乎尽善尽美，然而“他看到的只是一系列科学数据，而忽视了一个个活生生的人”。爱默生的好友里普利牧师在哈佛附近创建的“法朗吉”——布鲁克农庄——不过数年时间便宣告破产倒闭，道理正在于此。

傅立叶的学说在当世饱受指责。哲学家杜林斥之为“最荒唐的梦呓”；理论家蒲鲁东宣称在其著作中，除了令人感到滑稽可笑之外，什么也看不到。罗马教皇格里高利十六世颁布诏令对“协作理论”加以叱责，梵蒂冈并将傅立叶的著作列入“禁书目录”之内。不仅于此，傅立叶的科学发现，也遭到社会各界人士的冷嘲热讽。警界认为“他不过是一个十足的狂人”——懒得去抓捕他，政界人士嘲笑他是个“疯子”，经济学家宣称他的“科学”学说不过是“异想天开的哲学公式推演”，不具备任何实用价值。但傅立叶并不示弱，他在一封题为《致疯人先生》的公开信中，引用人们对待哥伦布和伽利略的态度，指出虚妄之人一向把比他们文明的人称为疯子。在文章结尾，他引用法国谚语“谁笑在最后，才笑得最好”——因为他确信真理在手：自己的理论观点一定能在千载之后最终赢得世界的承认。

晚年，贫病交加的傅立叶在报纸上刊登广告，说他准备每天中午 12 点在一家酒店虚位以待，接见愿意出资创办“法朗吉”的富翁。此后他不论在何处逗留，总是要在中午 12 点之前赶至这家酒店——以便接待来访者；可是等了许多年，等来的都是失望。1837 年，傅立叶在巴黎去世，享年 65 岁——距离他预言的 140—150 岁的平均寿命相当遥远，距离他理想的和谐社会更是遥遥无期。

科学与文学之争：《格列佛游记》背后的玄机

17 世纪英国诗人塞缪尔·巴特勒（1612—1680）《月亮上的大象》是一部讽刺作品。它描述一群科学家围聚在望远镜旁观察月亮时，发现一只大象在月亮上行走。科学家们准备把观察结果记录下来，在下一期的皇家学会会刊上发表。不料，一个男孩偷偷溜到望远镜里面，意外地发现那个被认为是“月亮上的大象”的东西，其实是躲在望远镜里的一只老鼠。

对科学家的揶揄和嘲讽堪称英国文学的一大传统。莎士比亚讥讽过以占星术邀宠的天文学家，本·琼生讽刺过以化学家身份招摇撞骗的炼金术士，而对科学家攻讦最为激烈的无过于斯威夫特的一系列作品：《书的战争》《桶的故事》以及《格列佛游记》。在《格列佛游记》中，斯威夫特借亚里士多德之口断言：他发现伽桑狄极力宣扬的伊壁鸠鲁学说和笛卡尔涡动学说都会被推翻；他预言当代学者热心推崇的万有引力学说最终将落得同样的下场；他还说新的自然体系不过是一种新时尚，随时代不同而变化。即使是那些经数学原理验证过的理论，也不过是昙花一现，若干年后一样会过时。在科学家看来，上述现象是科学进步的动力。而在斯威夫特眼里，这无疑是科学的可笑之处。

斯威夫特对科学家的反感由来已久。追随“古今之争”论战中崇古派代表人物、他的恩师威廉·坦普尔爵士（1628—

1699），斯威夫特对17世纪科学革命以来的任何科学改进和发明一律持反对态度。在《格列佛游记》之前，他曾经写诗讽刺发明显微镜的荷兰科学家列文虎克——“跳蚤，自然主义者们这样说：身上有小跳蚤在折磨它们，还有小小跳蚤在将小跳蚤撕咬……”如此循环往复，以至无穷。

斯威夫特在《格列佛游记》一开始便展示出勒皮它飞岛所代表的科学成就：“飞岛，或者管它叫浮岛，是正圆形的，直径七千八百三十七码，或者说四英里半左右，所以面积有一万英亩。岛的厚度是三百码。从下面看起来，岛底或者说它的下表面是一片大约有二百码厚的平滑、匀称的金刚石。金刚石的上面是一层层的矿物，最上面一层才是肥沃的土壤。”其壮观景象说令人震撼。但明眼人一望可知斯威夫特是在刻意模仿英国皇家学会会刊的论文风格；而他调侃的对象，则是16世纪著名科学家威廉·吉尔伯特（1544—1603）及其磁学原理。

斯威夫特对天文学家埃德蒙·哈雷（1656—1742）也不无微词。哈雷曾预言1715年的日蚀，同时又指出这次日蚀并不具有占星学的意义——照斯威夫特的说法，“研究天文学的人，十分信仰人事占星学，但这点他们却耻于公开承认”——由此造成飞岛上“崇尚科学”的居民“惶惶不安，得不到片刻的安宁”：他们害怕地球被太阳吸收、吞没，害怕下一次彗星尾扫过，使地球化为灰烬。

斯威夫特对牛顿也大加鞭挞。他在书中挖苦飞岛居民的生活方式：岛上的学者们任何时候都有可能陷入沉思，走路会撞墙、撞人，或者突然中断正在进行的谈话。为此，他们必须雇用名为“拍击官”的仆役：这些人手持短棍，时时跟从主人，一旦发现他陷入沉思，就敲打他的耳朵或者嘴巴，将他唤回现实——有学者考证，此类描写源于牛顿的生活轶事。事实上，斯威夫特对牛顿的讽刺在作品中可谓比比皆是。比如在飞岛中，岛上的裁缝为格列佛裁制一件衣服——这位高明的裁缝动用了当时极为先进的四分仪等测量工具，花费六天时间，精心为格列佛制成一件衣服，结果却发现根本不能穿，因为裁缝在计算时偶然弄错了一个数字——这一细节讽刺的正是牛顿的故事：这位大科学家的一篇论文在出版时被印刷工人“误植”一个符号，结果弄错太阳与地球间的距离，沦为笑柄。至于斯威夫特对牛顿为何如此仇恨，据说乃是由于伍德铜币事件（Wood Coins Event）——身为皇家造币局长的牛顿负责检验爱尔兰铸币的质量。他在检验完货币后宣布：虽然硬币的重量并不完全相同，但都符合要求。斯威夫特认为事实并非如此。小说家坚信在这一事件中，科学已沦为政治的工具，而牛顿则一变而为英格兰在爱尔兰殖民扩张的帮凶。

另一位大科学家培根也未能幸免。在《格列佛游记》中，斯威夫特用勒皮它飞岛来反讽培根的新大西岛，用拉格多科学院来讥诮培根的所罗门宫。勒皮它岛上的科学家和统治者终日痴迷于抽象科学,对人世的习俗与生活一无所知；他们拙于行动，凡事都需要他人指引，其滑稽可笑而不通人情简直令人喷饭：他们对话需要佣人提醒，妻子则当面与人偷情。培根认为科学知识作为一种福音，将会给人类文明带来无尽的福祉。但斯威夫特却力陈科学统治的恐怖图景：勒皮它岛上的飞岛，悬于岛屿上空并可以任意调整位置和高度，如果岛上有一方人民反抗它的统治，那么他们的家园顷刻间会被飞岛碾压成废墟。与柏拉图描绘的由“哲学王”统治的理想国相反，斯威夫特对科学家的统治一直心存警惕：他认为在科学与政治两门学问之间存在天然界限，用科学来指引政治必将导致政治的失序。以培根为代表的启蒙巨人并不仅仅满足于为自然界立法，他们还妄图以理性的力量征服自然。培根的名言“知识就是权力（power）”正是这一功利主义思想的最初表达。

由此培根乃成为斯威夫特重点攻击的对象。小说家在《书的战争》中描写道：“培根气势汹汹地冲来，亚里士多德弯弓搭箭，对准他的头射了过去，但没射中这位勇敢的现代人，箭从他的头顶上嗖地穿过，射中了笛卡尔。”在《格列佛游记》中斯威夫特进一步指斥，“培根相比笛卡尔更为狡猾”：培根的狡猾在于他“通过隐微书写技艺，在古人学说的掩护下，肆意表达激进的学术和政治主张”。在《格列佛游记》第三卷中，格列佛一开始被丢弃在荒岛，正准备烤“蛋”吃——按照 20 世纪著名政治哲学家列奥·斯特劳斯的说法——此处的“蛋”正象征着培根的“科学教”，象征着科学作为一种新的信仰自以为是地取代了原有的宗教，并妄图以自然真理代替宗教启示：“培根将欧洲过去的政治基础——基督教和相应的伦理体系——替换成现代技术和政治科学”。如此狂妄悖逆，作为崇古派中坚的斯威夫特，真可谓是可忍孰不可忍。

于是，斯威夫特在书中借慧骃国人士之口挖苦道：“对于一个理性动物来说，自然和理性就足以指示它们该做什么事，不该做什么事。”然而事实是，它们最后把格列佛变成了一个立志要爬行的呆子。从词源学角度看，格列佛的名字“Gulliver”与“gullible”(易受骗的、轻信的)词源相同：他天真地相信见到的一切，完全没有自己的主见和判断力；他努力试图融入慧骃的社会，以至于最后成了极端理性的崇拜者和效仿者，从而失去了自己最后残余的一点理性。

斯威夫特生活的年代，是一个充满矛盾的时代。当时的科学家，基本沿袭中世纪传统，以附魅(enchanted)的眼光（即一切自然现象都受上帝或神祇这样的精神体支配）来看待自然，甚至在他们的学术作品里也充斥着神明与精灵。开普勒将行星运行轨道确定为正圆，是由于正圆“最能体现神的完美”。托里拆利进行大气压实验后认为出现这一现象的原因，是“自然不喜欢真空”。牛顿发现万有引力后，认为这种超距作用之所以可能，是因为“整个自然都是上帝的身体”。早期解剖学家孜孜不倦地研究人体构造，因为精妙的人体结构“最能体现造物主的智慧”。凡此种种，不胜枚举。与之相反的是，时代精神已悄然发生巨变：一方面，17世纪的资产阶级革命使英国的社会结构发生了变化：新兴的工商业资产阶级登上政治舞台，开始要求和土地贵族分享统治权力。为了从根本上动摇旧有的社会体制，为资产阶级代言的启蒙思想家们鼓吹理性的力量，旨在充分破坏一切不符合“自然法则”的东西，如王权观念、等级制度、经济管制、封建迷信等，人们被“摆正一切事物的人道主义冲动”所鼓舞。但另一方面，同历史上任何一个社会转型期一样，旧有权力结构和经济秩序的改变所带来的混乱必然导致腐败、奢侈、贫富分化等现象，宗教和道德的约束力日益松弛，而贩卖黑奴和殖民扩张的罪恶本质，也是任何有关理性胜利和历史进步的说辞都无法彻底掩饰的社会现实——由于“私欲被以追求最大利润为目标的商品经济所鼓励张扬，人们不得不重新审视人的本性和世界秩序”。在斯威夫特看来，培根和牛顿之流的科学家业已沦为为虎作伥的工具。

科学家的形象遭到恶意嘲讽并被肆意丑化，还因为在这样的时代，科学家们并没有将科学知识大量应用于生产实践。虽然 17 世纪产生了伽利略、哈维、波义耳、牛顿等伟大的科学家，但他们并非无神论者，也无意推翻基督教神学的传统教谕，其科学实践大多局限于实验室范围。而斯威夫特（1667—1745）恰好生活在科学研究方兴未艾、工业革命尚未全面展开的年代——英国的“科学热”第一次在全国广泛流行是在斯威夫特出生之前，而科学真正施之于社会实践是从英国皇家研究院（1799）成立以后才开始。

斯威夫特在书中的描写看似荒谬可笑，但的确是当时“科学至上”观念的真实写照：人们用一种数学化和机械化的思维方式来看整个世界，使科学凌驾于人性之上，“人类的生存模式变得与机械运行的方式相一致”，而“自然的定量化，导致要求根据数学结构来阐释自然，将现实同一切内在的目的分割开来，从而将真与善、科学与伦理分割开来”。人们对科学的期望也越来越高，科学似乎变得无所不能，这在某种程度上刺激了科学家发明欲的无限膨胀——皇家学会的科学家曾试验过永动机和万能药，结果当然一事无成。科学主义的拥趸忽视了人类理性的有限性和科学技术的负面作用：科学狂人会不择手段地实现自己的研究计划，甚至会将科研成果用于某些邪恶的目的，明显有悖于科学研究的初衷。火药的巨大威力本来可以用来促进工程建设，但格列佛却向巨人国国王夸耀它惊人的破坏作用：消灭军队、击沉船只、炸毁房屋、摧毁城墙……火药这一近代科技进步的重要标志，被描述成人类自相残杀的工具，这也是当时欧洲社会的真实写照。

事实上，就在欧洲人相信理性时代已经到来，将理性等同于真理的时候，他们并没有意识到自己其实正在编织着理性的神话，播撒着历史非理性的种子。当代法国思想家埃德加·莫兰曾指出，欧洲人奉若神明的理性并不是真正的理性，而是理性普遍论与经过合理化加工的欧洲中心主义的混合产物。一方面，理性主义同人本主义接轨，后者从理性的角度肯定了人类的价值，认为人生而具有理性，都有获得自由的权利，因此强权、暴政和一切不合理的制度都应当被废除；然而另一方面，欧洲人并不愿意真正平等地对待欧洲之外的其他民族和文化，因为正如发明“东方主义”的萨义德所言，欧洲文化的核心其实是“使这一文化在欧洲内和欧洲外都获得霸权地位的东西——认为欧洲民族和文化优越于所有非欧洲的民族和文化”。如此一来，理性主义和人本主义潜在的适用于全人类的普世性质，与这种根深蒂固的欧洲中心主义，就产生了尖锐的矛盾。

值得注意的是，当判断科学研究是否有用、是否可行之时，斯威夫特这样的讽刺家往往是根据常识来进行判断，而科学家则更倾向于依靠专业知识和直觉。当然，常识并不是一项用来判断科学研究是否合理的可靠标准。对科学研究长期保有兴趣且对欧洲科学进展了如指掌的斯威夫特对此自然也心知肚明。其实，斯威夫特真正反对的不是科学，而是科学方法的滥用——具体而言，是反对将科学的研究方法运用到人类一切知识领域，尤其是人文艺术领域。在近代欧洲，笛卡尔首先尝试用数学模型构建科学方法论，认为科学的研究方法适用于哲学研究，也适用于探求所有学科的一般真理。笛卡尔科学方法论的基础是人的数学理性，它为人们提供了一个认识自身理性和外部世界的全新视角，但笛卡尔并没有意识到人类理性的局限性，也没有认识到理性独裁所产生的严重负面后果，是所谓“启蒙的神话”。在笛卡尔思想体系形成之初，他的同胞、与他同时代的哲学家帕斯卡就驳斥了他的唯理主义认识论，认为这一学说过于倚重科学，并强调单凭理智并不足以认识人生。帕斯卡在他的巨著《思想录》（1670）中写道：“科学的虚妄——有关外物的科学不会在我痛苦的时候安慰我在道德方面的愚昧无知；然而有关德行的科学却永远可以安慰我对外界科学的愚昧无知。”由此可见，理性的数学方法虽然适合自然科学研究，但却无法量化和计算人的精神生活与内心感受；自然科学在探求人的本质，构建人类道德体系和人类精神家园方面可谓毫无用处——上述这一切问题，在启蒙人文主义者斯威夫特看来，都必须诉诸人文科学教育方能迎刃而解。而这或许也正是他创作《格列佛游记》等一系列讽喻作品背后的玄机。

“伟大社会”计划五十年祭

1963 年 11 月 22 日，肯尼迪遇刺身亡。时任美国副总统林登·约翰逊在“空军一号”专机上宣示就职，人称“意外总统”。

四天以后，约翰逊总统在国会两院联席会议上发表演讲，坦言“没有任何纪念演说和颂词能比尽早通过他曾为之奋斗的民权法更好地纪念肯尼迪总统”。紧接着，总统在当天的广播演说中对美国民众大声疾呼：“民权法案既是对每个在社区、各州、国内工作的人的一次挑战，也是对每个真心想消除存在于我们可爱的国家里不公正的残渣余孽的一次挑战。”经过总统及其团队的不懈努力，旨在全面落实种族平等的三个人权法案先后在国会获得通过，美国社会由此步入一个“新时代”。著名历史学家亨利·康马杰称它是“自瓦格纳法（《全国劳工关系法》）和田纳西河流域管理法以来影响最深远的立法”。传记作家多丽丝·基恩斯·古德温在《林登·约翰逊与美国梦》（1976）一书中则宣称：“约翰逊一生中即使在其他方面没有做任何事，他对民权的贡献也将使他名垂青史。”而事实上，美国人普遍相信，总统更大的贡献是他的“伟大社会”计划。

1964 年 5 月 22 日，约翰逊总统在密执安大学的一次演说中正式提出“伟大社会”计划。他在演讲中呼吁：“我们同住在一个国家，同属一个民族，国家的命运和民族的前途不能只靠一个人的努力，而必须靠我们大家的共同努力。每一代人各有其命运，有些靠历史决定命运，至于我们这一代，命运必须由我们自己来选择。在这场变革中，我们的命运只有仰赖全国人民始终如一的性格及信念，我们的祖先——那些离乡背井的异乡人，勇敢但也受过惊吓的异乡人，来此寻找一块个人可以自主、自由生活的地方。他们和这块土地订下公约，公约的立意是公正；它用自由书写，受团结的约束，它注定是被用来激发全人类的希望。而且，它仍然约束着我们，只要我们遵照其条款，我们就一定能繁荣起来。”要实现国家的繁荣富强和全体人民的自由幸福，总统认为“伟大社会”计划是必由之路。

为此，约翰逊总统在随后的国会演讲中进一步重申：“我认为‘伟大社会’并不是一大群听命、从事不求变化又不事生产的蚂蚁。它应该适应刺激的事物——不断地变化、试验、探索、失败、休整，然后再试验——总会有收获的。我们每一代都必须用我们的辛劳和汗水将我们的传统保持下去。你们必须从心底铭记旧日的承诺和旧日的梦想。它是你们最好的向导。至于我自己，借用古代一位圣贤的话，我只求你赐给我智慧与知识，使我能在这支民族面前来去自如。因为，有谁能统治这属于你的民族，这支如此伟大的民族呢？”按照他的构想，所谓“伟大社会”，就是要使人类生命的意义与人类的劳动相匹配，真正实现每个人都能获得充分发展的目标。

值得注意的是，约翰逊总统提出的“伟大社会”计划不仅仅是对穷人施舍福利，更注重提供机会，使生活的竞赛变得更为公平。正如总统所说：“伟大社会，不仅需要满足肉体和商业需要，而且要满足人们对美的追求和对群体生活的渴望。”其实早在 1958 年，他在演讲中便阐释过自己的美国梦——所有美国公民，无论种族贫富，应该平等参与到民主过程，实现美国自由主义理想；国家应该帮助解决社会问题，促进社会发展；国家应该充分挖掘人力资源，实现每个人的潜能；反对浪费，推崇美德。也正是基于这一理想，他在继任总统的第三天便宣称要向贫困宣战。

“我们将全面追捕贫困，无论它在哪里出现。”在 1964 年总统向国会提交的第一篇咨文演说中，约翰逊正式宣布“今天，这个行政当局在这里向贫困展开无条件的宣战……作为这个星球上最富裕的国家，我们能够赢得这一战争……这场反对贫困的战争将不仅仅在华盛顿展开，它将从法院到白宫，从每一个私人家庭到每一个公共职位的所有领域展开”。约翰逊认为，解决他们贫困问题最好的武器是以“更好的学校、更好的医疗、更好的住房、更好的培养、更好的工作机会”等相互配合的措施构成的整体计划。通过向贫困开战，在美国建立一个“舒适住房、优质保健、充分就业、良好教育和充分满足人民物质生活与心理需要”的伟大社会。

众所周知，美国的贫困问题自 20 世纪 50 年代开始就已经广泛受到经济学家们的关注，其中以迈克尔·哈林顿（1928—1989）为代表的一些主流学者认为：“即便当（福利）金钱最终向下渗透，当一个新的学校在贫穷社区建立，穷人依旧是缺少食物或缺乏足够教育的。他们的整个环境、他们的价值观，都不能让他们做好充分利用新机会的准备。”因此，在提高劳动者薪酬方面，为保证工人的基本购买力，约翰逊制定了扩大最低工资保障实施范围和提高最低工资金额的决策，并真正将1962 年 1.15 美金的最低小时工资提高到 1964 年的 1.25 美元和1968 年的 1.60 美元。此外，为“不仅能缓解贫困现象，并治愈它”，除了在金钱和工作上对贫困人群进行最直接救济外，约翰逊政府十分重视通过培训、教育、住房、健康等方面的保障，真正给予社会底层弱势群体能够提高地位、提升生活水平和发展自己的公平机会，让他们摆脱“无止境的、永远无法摆脱的”贫困循环圈。

在此期间，约翰逊总统签署了一系列法案——据说仅在他任职的头两年内，提请国会通过的立法“比本世纪内任何一个总统在任何一届国会所提出的都要多”。在约翰逊任内，美国人民在收入、就业、医疗保健、国民受教育的机会、公民权等许多方面的状况都得到不同程度的改善。“伟大社会”是罗斯福“新政”以来在立法方面取得最大突破的时期。总体来说美国的社会保障制度为人民提供了基本的经济社会保障，对维护社会的稳定和发展起了一定的作用。美国学者评价，约翰逊总统着力打造的社会福利保障制度是联邦国家的“安全网”和“保障网”，也是协调整个资本主义国家与社会之间矛盾的“黏合剂”，堪称是“伟大社会”计划的上佳注脚。

按照历史学家的看法，实施这一“伟大社会”计划其实不仅出于约翰逊与肯尼迪的竞争之心（努力成为一名“伟大”的总统）。从约翰逊本人的经历来看，由于他出生于德克萨斯州边远山区，且在中学毕业后真正体验过充满艰苦的乡村生活，对少数族群和弱势群体的艰难及社会不公有过亲身了解。因此，他追求社会平等、消弭歧视、提高贫困者生活水平的愿望真实而强烈，“对穷人、老年人和受蹂躏的人”有着“深刻而热切的关怀”。约翰逊卸任之后曾告诉他的传记作者多丽丝·基恩斯·古德温：“我当上总统时，我就意识到，只有我能够充当世界的主宰者。只有我才能有所为。我要使每一个饥饿的人吃饱，每一个无知的儿童接受教育，每一个失业的人找到工作，这才能实现我最大的愿望，实现世界永久和平的梦想。”约翰逊一直相信，政府是为人民存在的，政府应当为人民做他们力所能及的事情。事实上，自步入政坛以后，约翰逊一直醉心于改进美国社会，当选总统后更将“伟大社会”计划称为他“心爱的女人”。

事实证明，“伟大社会”计划虽然并不可能彻底解决美国的全部贫困问题，但在政府每年大规模资金扶持下，生活在官方设定贫困线以下的人口大幅减少。据统计，1964 年，美国生活在贫困线以下的人口达 3610 万，到 1969 年，已降至约 2410 万，即由原来占人口的 1/5 下降到 1/10。此外，约翰逊政府的就业保障政策在提升就业率、减缓贫困、提高弱势群体经济收入等方面也发挥了极大功效。统计数据显示，美国国内总体就业形势在其任职期间大为好转。1968 年，总统在国情咨文中强调：“伴随着经济的发展，在过去的四年中美国共创造出了 750 万个新的就业岗位，而在今年，我们还将创造出 150 万个就业机会。”

很显然，“伟大社会”作为福利国家建设的重要部分，不仅关注贫困人群和弱势群体的利益提升，更通过一系列纲领立法，改善了美国境内大部分公民的生活质量，成为“新边疆”和西进运动以来资产阶级自由主义改革的新的里程碑。该计划对美国国民收入进行了一定程度的再分配，缓和了社会矛盾和阶级矛盾，保持了政局的稳定和社会的安定，增强了美国的内聚力，从而为经济的发展和社会进步创造了必要的前提。

当然，约翰逊总统“伟大社会”计划的提出也带有明显的实用主义色彩。约翰逊政府通过的立法措施无疑是战后历任政府所不及的，但立法上的成就并不等于“伟大社会”的实现，它也不能根本消除20世纪60年代兴起的社会危机。“伟大社会”计划的部分内容是空喊口号，向选民做出过高的许诺，因而注定没有希望兑现。从某种意义上说，“伟大社会”措施既满足不了中下阶层群众和左翼势力的改革要求，又遭到保守势力特别是南方保守势力的强烈反对，由此造成两头不讨好的局面。后来连约翰逊本人也不得不承认：“对于大多数贫穷、失业、流离失所和一无所有的黑人说来是严酷的，他们仍处于另一个国度之中……对他们来说，墙越来越高，沟越来越深。”

随着时间推移，“伟大社会”计划的弊端也日益显现：一方面，它制造了一个大政府，压抑了社会的创造力，引发通货膨胀、福利负担过重、企业家精神下降、经济低迷等一系列问题，从而导致了80年代保守的里根政府急剧减少政府干预的变革。另一方面，在政府权力扩张的过程中，许多财政资源被浪费，在“过度作为”的政府之下，一个食利阶层诞生了，他们凭借名目繁多的政府项目拼命捞钱，而这些钱原本都可以用到贫困者身上。可见通过大规模的政府行为来扶贫这种模式，其作用十分有限，有时往往弊大于利。甚至总统班底中也有人质疑，约翰逊大力推行的福利制度并没有解决应该解决的矛盾，相反却带来穷人反工作（anti-work）、对补助过于依赖，以及浪费社会资源等使社会关系紧张的危机。

同时，随着70年代资本主义经济繁荣转向“滞胀”，在“伟大社会”计划中受益的中下层人民已不再关心有关他人的“社会公正”问题，而较多地考虑与自己切身利益相关的财产税和贷款利率的变化。至于“新政联盟”中其他阶层的群众，尤其是中上层，面对“伟大社会”纲领的目标未能完全兑现大失所望，因此对自由派的政治热情也明显减退。种种合力之下，这一计划走向衰退也是势所必然。

历史地来看，约翰逊“伟大社会”计划虽然创造了美国现代史上第三次改革的高潮，但其过大的财政开支、过快的进程与过于激进全面的措施实行都在一定程度上引发了美国国内的诸多问题。改革期间，约翰逊政府共推出试验成功或未经试验的计划将近五百项，试图解决社会上诸多复杂且庞大的问题，但在实施过程中却经常出现政策或机构方面的漏洞和缺失，甚至部分改革内容仅流于表面，无法触及根本的社会矛盾和社会问题。

以“向贫困宣战”为例，总统自认为贫困可以通过加强教育培训和基本补助在几代人时间之内解决，但现实是贫困状况的存在困扰社会已久，无法从根本上消除。仅增加拨款却不对国家财富进行实质上的重新分配，即便使弱势群体的生活窘境有所缓解，也只能是暂时现象，更可能会让他们对政府大规模补助产生依赖性（事实也的确如此）。由此看来，约翰逊总统从未引导国家走上根除贫困这条漫长而艰难的道路，他所倡导的社会福利改革没有也不可能完全改变资本主义的分配关系。随着“伟大社会”计划的阶级局限性的日益暴露，逐渐加深了美国人民对自由主义改革的幻灭感，而“伟大社会”计划对劳动人民作出的让步，又使垄断资产阶级中保守派的忍耐逐渐达到极限，从而加强了对自由主义改革的抵制。所有人都乐意享受改革成果，但弊端显现时，却无人愿意承担责任。总统退休后抱怨说：许多少数族群尽享成果，却缺少对政府应有的感激与支持——这就使得“伟大社会”计划腹背受敌。由此可见，“伟大社会”计划最大的失败实际上是政治上的失败，而非社会或经济上的失败。

另外，总统本人的某些做法也遭到质疑。约翰逊利用对国会参众两院次级委员会成员的任命权、安排选举经费、优先安排议员所在选区的公共工程计划、保证减免州政府债务、安排议员出国访问等手段，使他能够在需要选票的时候获得他们的支持。总统提出的法案以前所未有的速度和规模陆续获得通过，以至于有人说国会是约翰逊政治理念的“复印机”。在此基础上，约翰逊进一步加强在行政事务上的决策权。他对专门小组的“创意”尤为得意：在他任期内成立了几十个专门小组进行决策研究和法案起草，专门小组成员身份对外保密，只有总统和少数几个内阁成员知道。这一创意名义上是为了帮助立法机构和行政机构从事“顶层设计”，实际上是将内阁各部门的重要决策权纳入总统囊中，是典型的权力过度集中。由此，在执行过程中难免与行政部门发生冲突。到1968年，由于越战升级，“伟大社会”计划的投入尚不及战争费用的1/10，显然难以为继——其实，任何一次改革都无法完美解决社会中根深蒂固的矛盾，约翰逊的“伟大社会”政策也是如此。至此，一直锐意改革的民主党黯然宣布：“除象征性的姿态以外，‘伟大社会’已经死亡。为黑人争取平等机会的斗争，拯救我们城市的斗争，对我们学校的改进，所有的一切，因为越南战争的缘故都要被扼杀。”正如美国著名参议员威廉·富布赖特（1905—1995）所说：“‘伟大社会’这个美妙的理想和义务承担已经成为镜花水月。”

约翰逊总统当初希望的是，人们因“伟大社会”计划记住他，而不是越南战争。但是，总统的个人悲剧或许正在于此：美国人民乃至世界人民，恰恰因为这一场战争将他铭记——这也是美国桑塔克拉拉大学法学教授埃里克·戈德曼所谓的“林登·约翰逊式悲剧”。这位历史学家宣称约翰逊总统是一个巨大的矛盾综合体——尽管他雄心勃勃，而且完全可以寻求连任，但他任期一满即选择离开白宫，与夫人返回德州农场颐养天年，因为据他本人说“美国总统是世界上最孤独的一个职位”。

约翰逊的前任肯尼迪曾要求国民“不要问你的国家能为你做些什么，要问你能为你的国家做些什么”。这句话固然激荡人心，但细想一下也有问题——凭什么不能问你的国家能为你做些什么？而约翰逊总统的民权立法和“伟大社会”计划，恰恰是老老实实地回答人民的这个提问——国家能为人民做些什么。从这个角度看，约翰逊总统堪称美国历任总统中“伟大的长者”。

葡萄为何愤怒

1962年，美国著名小说家约翰·斯坦贝克凭借1939年出版的代表作《愤怒的葡萄》荣膺当年诺贝尔文学奖。该作品以1929—1933年间经济大萧条为历史背景，刻画美国中部各州农民破产、逃荒和奋力抗争的故事，并着力描写这些破产农民的凄惨景象。书名中“葡萄”是《圣经》中反复出现的意象——在《圣经·旧约》的《申命记》《耶利米书》和《圣经·新约》的《启示录》中都出现过“葡萄”。在上帝眼中，爬满藤蔓的葡萄就像大地上的子民。这些渺小的劳苦大众，或微不足道的葡萄，被扔进巨大的容器中捣碎、搅拌——为了酿出香醇的葡萄美酒供富人享受，他们像韭菜一样被收割。从这个意义上说，“愤怒的葡萄”就指代愤怒的底层人民。

葡萄为何愤怒？一言以蔽之，因为梦幻破灭。加利福尼亚州曾是俄克拉荷马逃荒人的梦想之地，而如今当这一梦境幻灭，美国梦则一变而为美国噩梦。美国梦的破灭揭示了美国社会不公的现实，同时也表明，一切愤怒都源于不合理的经济制度。小说第二十五章最后一句话说：“愤怒的葡萄在人们心中迅速成长起来，结的沉甸甸的，等待收获期来临。”可见，希望落空之后，希望的葡萄乃变为愤怒的葡萄。在小说家看来，因为身处社会最底层的劳苦大众遭受那些资本家、银行家和实业家的盘剥压榨，食不果腹，民不聊生，然而却无力反抗——因此除了愤怒，他们一无所有。

与斯坦贝克一样饱受创痛的剧作家阿瑟·米勒在他的自传《时移世变》（*Timebends*）中回忆到："这是 1932 年秋季，我们全家人已经没法再掩饰内心的恐惧，如今连每月按期付出 50 块钱给银行以还清购房贷款，都成了极大的负担……"毫无疑问，大萧条的哀怨之气始终弥漫于米勒的戏剧，从他的青涩之作《没有恶棍》《他们也来了》和《黄金时代》，到怀旧自传散文《成长于布鲁克林的男孩》；从苦乐参半的独幕剧《两个星期一的回忆》再到反省美国大萧条历史的《美国时钟》。用米勒的话说，"没有人能够逃离这场灾难"。

众所周知，第一次世界大战后，美国经历了持续近 10 年的经济繁荣。经济的繁荣和人民生活的富足，使美国人"似乎没有理由不相信自己正置身于人类历史上一个最灿烂辉煌的时代，而且这个时代还会无休止地延续下去"。人们深信并追求着自己的美国梦——"不管自己是多么普通的小人物，只要自己努力干，就会成功，就会发财，就会成为一个了不起的人。只要努力上帝就会帮助你，你就会有好房子、好汽车，你的孩子就会前途无量"，而且这种自信笃实已经成为美国文化的一个重要组成部分。然而，好景不长。1929 年 10 月纽约华尔街证券市场的大崩盘，几乎在一夜之间，使得所有沉浸在美国梦中的美国人遭受灭顶之灾。随之而来的，是漫长得几乎令人窒息的经济大萧条。

与斯坦贝克将大萧条归咎于资本和资本家的态度不同，另一位诺贝尔奖获得者、美国犹太作家索尔·贝娄在 1947 年出版的长篇小说《受害者》中，则试图通过两位在大萧条时期饱受失业之苦的受害者来表达对资本主义经济体制的质疑与批判——经济的衰败使当时的人们普遍对资本主义制度丧失信心。作为在大萧条中成长起来的青年一代，贝娄回忆道："因为大萧条，我们的职业没有指望……大萧条是个人受羞辱的时期。资本主义看起来在整个国家都失去了控制。对于很多人来说，推翻政府的可能性看起来极大。"与此同时，人们对左翼政治和激进学说却寄予厚望——马克思认为，从消费（需求）上说，一方面随着社会生产力的发展，会提高资本有机构成，造成相对人口过剩，失业人数增加；另一方面对抗性的分配关系"使社会上大多数人的消费缩小到只能在相当狭小的界限以内变动的最低限度"，由此，必然要造成劳动人民有支付能力需求的相对缩小，形成狭隘的消费和市场，进而产生商品生产与实现的矛盾，导致生产相对过剩和危机的出现。在此基础上，马克思总结经济危机的根源——"一切真正的危机的最根本的原因，总不外乎群众的贫困和他们的有限的消费，资本主义生产却不顾这种情况而力图发展生产力，好像只有社会的绝对的消费能力才是生产力发展的界限"，并且做出预言：随着矛盾的加剧，资本主义市场的经济衰退不可避免。在上述思想影响下，贝娄一度对托洛茨基的革命学说抱有热忱幻想，相信唯有革命才能克服周期性的经济大萧条这一痼疾。

事实上，大萧条之前的20世纪20年代正是富庶的爵士时代。这一时代的形象代言人、作家菲茨杰拉德曾说："'爵士时代'似乎是在它自己的动力推动下比赛，沿路是钱财满贯的大加油站……即使你抛锚了，你也不用担心钱的问题，因为你身边到处是钱。”1919 年，著名庞氏骗局的主谋查尔斯·庞兹（1882—1949）在因欺诈案件坐牢后，竟然借着保释出狱的“机会”改头换面，不可思议地逃过了所有人的眼睛，在经济危机爆发前来到佛罗里达州，经营起那时火爆到全民参与的房地产生意。在那里，他凭借三寸不烂之舌，又一次诱惑了很多贪婪之人：他的庞氏土地公司将每一英亩土地都分成 23 份，承诺投资者只要花上 10 美元就能拿到自己的一块地，而且，在 60 天内就能获得 30 美元的回报。自然，这种拆东墙补西墙的骗局很快就被戳穿了，只不过当时的人们还不知道，他们正在经历这场美国历史上史无前例的房地产泡沫。不久，泡沫被刺破，引发无数惨剧。以当时尚未经开发的迈阿密为例：某房地产商人发现，只要卖房子的广告能在海边沙滩上矗立，就会有足够的生意送上门来。他会把客户带到沙滩上，让他们自行挑选一片清澈平静的水面，然后立即承诺将在这片水域为客户打造一座私家岛屿，这样，“你就能自己当一个小小的孤岛鲁滨逊了”。

与此同时，报刊媒体上的所谓专家学者也大言炎炎，鼓吹当时的美国已经进入了一个“新时代”——其标志是 1922—1929 年间，每年超过 5% 的 GDP 增长。知名作家、编剧丽塔·韦曼（1885—1954）在 1932 年曾形象地描述：“通胀年代，我们一直处于悬崖边缘，丧失了正确判断的能力。我们大笔花钱买东西，买得越多越开心。如果买的东西很贵，那我们的第一结论是东西一定很好……以家庭娱乐为例，我们中的很多人几乎忘记了邀朋请友、围坐自家桌旁是有多么欢乐，却饱受饭馆聚餐、消化不良的折磨。”但是，随着华尔街股市的崩盘，资本主义创造、累积的亿万财富顷刻之间灰飞烟灭，资本主义制度岌岌可危，而且这场经济危机波及全球并一直持续到二战前夕。大萧条的爆发不仅让包括贝娄在内的美国年轻作家意识到资本主义制度存在弊端，更让他们感觉到资本主义的终结并非遥不可及。

在上述作家的文学叙事模式影响之下，人们普遍将大萧条初期的物价飞涨归咎于那些被贴上“投机商”（profiteer）标签的人——“投机商”是个流行新词，《牛津英语大辞典》认为“投机商”一词首次出现于1912年，但一战后期才开始流行。“投机商”一语双关，既含有前方马革裹尸、后方大发横财的意思；也含有肆无忌惮、公然劫掠之意。于是，普通民众像文学家一样表达他们的愤怒之情：他们抨击送奶工，警告肉贩停止吃肉，并将盖茨比（菲茨杰拉德小说主人公）之流的卖私酒者视同罪犯。《纽约时报》专栏作家、经济学家亨利·黑兹利特（1894—1993）在1920年写道：“因此，每个角落都有自以为是的人，谴责肮脏的世界进行的劫掠和犯下的暴行。肉贩对卖鞋的人牟取暴利感到惊讶；卖鞋的人对剧院倒票黄牛的厚颜无耻倍感震惊；剧院倒票黄牛在地主房东的专横霸道中蹒跚而行；地主房东在送煤工人的勒令要求下举手投降，而送煤工人的尊严又在肉贩的价格面前土崩瓦解。”出生于大萧条年代的著名剧作家爱德华·阿尔比曾戏谑，身处这样的时代，人人乖张暴怒，“谁害怕弗吉尼亚·伍尔夫”？

伴随着这样一种愤怒情绪的扩张和弥漫，普通消费者大多倾向于采用以下两种应对举措：一是推迟购买，二是消费降级。延迟或降低消费的理由很简单：因为当时的美国经济存在不确定性。大萧条的发轫距一战结束才14个月，战争的阴霾尚未散尽；当时流感盛行，甚至比战争更为致命；战后，美国又爆发了一系列种族骚乱事件，人心惶惶不安。不仅于此，当时的国际形势也急剧动荡。日本于1931年占领中国东北。在苏联，1932—1933年爆发乌克兰饥荒，饿殍遍野。1933年1月，希特勒在德国夺取政权，迅速开始谋杀政治对手并对犹太人实行恐怖统治。另外，由于国内外政治的影响，当时存在很多抵制行为（旧称杯葛，boycott）：抵制德货、抵制日货以及抵制与犹太人有关的货物。上述行为对经济也产生了不少负面影响。

这样一些负面消息，经过媒体传播和放大，很容易引发焦虑，可能促使更多普通民众取消无谓的计划开支，比如更换住宅或购买新车，因为唯有如此人们才感到自己拥有足够的储蓄。更为致命的是，几乎所有这些消息都与令人极为不安的文学叙事联系在一起，让人们强烈感受到经济的不确定性——这种不确定性可能在全美乃至世界范围内抑制家庭的可自由支配开支，导致消费紧缩，并延缓经济的复苏。由此可见，经济萧条很大程度上乃是由消费者对假想投机商的抵制所造成。或许这才是更接近于历史真相的叙事。

另外，人们似乎不应该忘记：美联储1914年才成立，在宏观调控方面还缺乏经验。他们出台的政策摇摆幅度过大：1919年，羽翼未丰的美联储错误地上调贴现率以控制通胀——该通胀的起因是一战后美联储意气用事，采取了过度扩张的货币政策——到1920年时又不得不采取强力措施控制通胀，由此造成金融市场的动荡。当时还有一则流行的神话，认为消费物价指数将最终降至一战前（1913）的水平。当然并非人人都有此预期，但有此预期的很多人显然会认为应当等到价格下跌时再行购买，而大部分人持币观望就造成了萧条。尽管有报道说个别商品的价格确已跌至1913或1914年水平，但总体物价并未下降。对大多数人来说，等到降价后才买非必需品乃是显而易见的“明智之举”（“商品卖不动，因为人们根本不愿买”）。民粹主义的愤怒和抗议抬头，对牟取暴利的投机商和零售商同仇敌忾。1920年，美国参议员亚瑟·卡普尔在公开演讲中敦促消费者“拒绝购买过于昂贵的商品来抵制利润攫取”。

女作家凯瑟琳·哈克特对上述美国经济由繁盛到紧缩的现象曾作过形象的描述：“在旧的繁荣时期，我可以买一罐浴盐或一双额外的夜拖鞋，而不会对缺乏生活必需品的穷人感到不安。想起那些广告宣传日，我总是很开心：工人们穿着丝绸衬衫，开着福特去上班。现在不同了。如果邻人继续大摆宴席、穿着华丽，就会被认为对人类的苦难无动于衷来。”由奢入俭难，但这也是萧条时期不得已而为之的应对举措。造成这一经济滑坡的原因很多，其中经济学家的一些错误判断和误导的确难辞其咎。

白宫的经济顾问以及华尔街的经济学家一度信心满满地预测：紧缩将与1920—1921年一样短暂——这有助于解释胡佛总统及其幕僚为何能在国会及公众面前一再辩称紧缩很快就会结束。但公众并不一定相信胡佛总统。用凯瑟琳·哈克特的话说：

"我已经读够了经济学家的预测，我相信我对未来物价走势的猜测和随便哪个人一样准。家庭主妇在商品市场下跌时的做法同投资者在股市下跌时的做法如出一辙；她按兵不动，坐等市场出清（market clearing），除实际生活必需品外不再买任何东西。不用成为经济学家我就知道，如果所有2000万家庭主妇都这么做，商业复苏将遥不可期。"只是到了20世纪30年代，人们似乎才意识到这场危机与市场的信心息息相关。华盛顿特区商会率先发起一场口号为"为了繁荣，现在就买"的运动。"繁荣委员会"要求所有教派的神职人员参与该项活动，"通过他们的布道鼓吹繁荣"，从而"刺激生产，缓解失业状况"。这一举措很快在全国得以推广——即克服对危机的恐惧，重塑市场信心——美国总统罗斯福1933年在就职演说中将其概括为"我们唯一恐惧的就是恐惧本身"。罗斯福大声疾呼："大家一定要坚定信念，大家一定不要被各种流言蜚语和胡乱猜测吓破了胆。让我们大家团结起来消除恐惧。"他向全国人民呼吁，要求终结银行挤兑，让货币重新流入银行。于是金融及经济秩序慢慢恢复常态，美国由此乃进入新一轮的经济复苏和振兴。

时至今日，罗斯福总统炉边谈话这一叙事模式仍然影响着人们的生活。与《愤怒的葡萄》等作品中的文学叙事不同，政治经济学的叙事一方面要求客观公正，能够准确把握时代特征，并能对症下药；另一方面也要求充分考虑人的因素——比如本文提到的普通民众延迟消费的心理。从这个意义上说，正如奥地利经济学家路德维希·冯·米塞斯指出的那样，现代经济学不是简单的数学模型，而应该是"真正的人的经济学"——跟文学一样，它也应该以研究人性为己任，比如需要认清人性善变以及人性贪婪——“当然，我们改变风尚。那是我们不变的本质——我们总是从一种狂热投向另一种狂热，就像翻转万花筒一样容易”。葡萄从愤怒到疯狂，不过一步之遥。

“病夫”当国：路易十六与法国大革命

“王有两身”之迷思自中世纪晚期以来在欧洲大陆已成共识。美国当代著名历史学家林·亨特在《法国大革命时期的家庭罗曼史》一书中断言：法王路易十六之“肉体”疾病在法国人心目中也是“国体”有疾的隐喻或影射。与乃祖路易十四“朕即国家”，以及路易十五“朕死后哪管洪水滔天”的豪迈气度不同，法王路易十六自幼年起一直循规蹈矩，宽厚仁慈，堪称数百年来好大喜功而风流成性的波旁王朝之另类。但历史的吊诡在于，这样一位慈父般的好国王最终却在他亲手打造的断头台上断送性命，成为欧洲第二位（继英王查理一世之后）身首异处的君王。历史学家往往从时代背景、阶级矛盾以及王权与教权冲突等方面寻找这一政治事件的成因，而林·亨特则提示读者诸君完全可以从弗洛伊德病理学角度重新审视路易十六本人的“病因”及其与法国大革命之关联。

尽管在大革命期间，国王与贵族一道遭遇污名化，被贴上“暴君”“叛国者”乃至“魔王撒旦”的恶谥，但在尘埃落定之后，历史却给出了相对公正客观的评价。正如国王本人在国民公会答辩状中自述的那样，他当政以来，可谓一心一意（为人民）谋福利——“我是无辜的，我并没有犯我被指控的任何罪责，我原谅所有把我送上死路的同胞，我祈求上帝：法兰西从今以后永远不要再有流血”。可惜愤怒的民众跟刽子手一样，无瑕聆听“公民卡佩”（罢黜王位后的国王之名）苍白无力的辩解——其实单从这一陈词来看，国王与他的人民到底谁的病重，一时倒难以判定。

路易十六自幼长在深宫，个性敦厚，待人真诚，敏而好学，不仅精通拉丁文，对英语和德语也能熟练掌握；此外他还热爱自然科学，历史、地理两门功课特别拿手，堪称品学兼优。作为虔诚的天主教徒，他虔信上帝，克己复礼。他坚信“君权神授”，但完全没有其祖先飞扬跋扈的气势，倒更像是谨小慎微的基督徒——虽然贵为国王，他却一直持有自己的私人账户，以马克斯·韦伯称道的资本主义“复式账簿法”将个人开销精确到每一个苏，而且每一笔施舍如“赐给瘫子 72 路易”“赐给看守 200 路易”等，他也一一记录在案。1776 冬，国王郊游，目睹巴黎城郊贫民饥寒受冻，国王告诫左右不能漠视大众疾苦，乃下令将他自己的旧雪橇劈为穷人的木材——不幸的是，到革命法庭庭审之时，“收买人心”倒成为他的另一大罪状。

与热衷记账相比，国王对自然科学的热爱程度更令人吃惊。1783 年，他力邀热气球发明者蒙哥尔费兄弟在凡尔赛宫广场进行公开表演（时任驻法公使本杰明·富兰克林等外国友人也应邀与王室一道观摩）。他本人则擅长各种机械改进（如断头台）和创造发明（如钟表和制锁）。据说在他的每个居处，必不可少的两间房便是制表间和制锁间，其制锁技艺之高在欧洲几乎无人可比——号称“锁匠国王”。

与他的道德自律和个人品行不相匹配的是，国王的性格优柔寡断，很早就显示出抑郁症的倾向。与他的祖父路易十五惯于当众表演作秀不同，他喜欢沉思默想，沉浸在自我的世界。历史学家将这一种忧郁、焦虑的症状归因于贪食症——由于家庭残缺，孩童只能从过量摄取食物中获得爱的满足和替代，成年后旧习难改，往往以之为发泄、缓解压力的方法，其特征表现为周期性嗜睡和贪食，患者由此多为身材肥胖之士。路易十六生性怯懦，但作为“王之两身”的另一面，他又不得不强打精神，在公众面前故作镇定自若，这一种人格分裂的痛苦，常人实在令人难以想象——传记作家茨威格描绘国王在避难途中向护卫索要食品后心满意足的场景，“他那沉重的眼睑又渐渐合了起来，同他的王位息息相关的斗争正在大厅里激烈展开，而他却在这种时候打起盹来”。——活脱脱一幅漫画图像，但显然缺乏“了解之同情”，也未必是史实真相。

比贪食肥胖和嗜睡更为糟糕的是国王的性能力。大革命前夕出版的各种小册子及春宫文学，出于仇恨，一律将王后安托瓦内特描绘成人尽可夫的荡妇，将国王则丑化为性无能者。其直接证据是，新婚头一天，国王因贪食而沉沉睡去，第二天又兴冲冲外出打猎，只在日记中补记一则：婚礼当日“无事”——好事之徒乃以“无事”为无性事之代称，大肆加以渲染。而两百余年后档案解密发现：国王除对狩猎（他崇信“王室狩猎代表了王室对……人类及动物的控制”）一事记录不厌其烦而外，其他一律以“无事”一笔而过，甚至巴士底狱攻占当晚，他的日记里仍是此二字。结婚七年以后，如梦方醒的国王才在亲友的劝说之下做了包皮环切手术，由此步入正常婚姻生活，生育子女。而此前之种种流言，不攻自破。

当然，相对于国王身体方面的微恙，外表花团锦簇的法兰西帝国其实早已衰朽不堪，百病缠身：对外战争，宫廷内斗，以及崛起的第三等级与贵族、教士之间的斗争几乎耗空了帝国的国库和元气；其他如贪赂公行、司法腐败更是司空见惯，尤其是承担国家绝大部分赋税的平民阶层日益穷困潦倒；反抗的怒火在地下奔涌，似乎随时有爆发的可能——借用英国哲学家伯克话说："要民爱国，国必先有其可爱之处。"作为爱民如子的国王，进行自上而下的变革乃成为他义不容辞的职责。国王深知，国家的痼疾跟身体的疾病一样，都需要及时治疗，时至今日，四百年波旁王朝统治的弊端可谓积重难返，倘若他本人也像晚年路易十五一般不闻不问，或许王国仍能苟延残喘，维系若干年月，但年轻的国王显然不愿坐而待毙。1774 年，国王继位之初，便意欲着手改革，以救民于水火。当然，在内外交困且民主洪流势不可挡的大背景下，以"病夫"路易十六主导的自上而下的改革能否取得成功，显然难以预料。

国王的改革，首先由废除王室农奴扩展到全国范围内废除劳役制，因为在国王看来，"几乎所有的道路都是我们臣民中最贫穷的那部分无偿修建的"。不久，他又进行兵役制改革，以保护长期承受意外增派服役的穷人。国王的原话是："朕欲保护人民免遭无食之苦，有钱人强迫他们劳动，高兴给多少报酬就给多少，朕不能容忍一部分人听任另一部分人的摆布。"国王的仁慈怜悯不仅遍及穷人，亦泽被犹太人：他在宗教宽容旗号下，同意犹太人在巴黎城市居住并拥有小块产权——想想百余年后席卷欧陆的希特勒反犹暴行，不能不对路易十六的远见卓识深表钦佩。

国王具有惊人的预见能力。当王后将歌剧《费加罗的婚礼》剧本送他审核时，剧中的台词——“因为您是大贵族，您就自以为是伟大的天才！门第、财产、高官、爵位，这一切使您多么得意洋洋！可是您干过什么，配有这么多享受？”——令国王深为震动：“这个人嘲笑国家中所有应受尊敬的事物，这个剧本上演就会产生危险，它会导致拆毁巴士底狱！”但国王一向的宗旨是容忍异议分子：巴黎高等法院拖延登记甚至驳回他的诏令，但他并未像乃祖一样下令将其解散；百科全书派打着平等自由旗号，四处诽谤滋事，国王也并未深究，只是口头叱责而已。（大革命中国王与家人被困杜伊勒里宫，翻书自遣，读至启蒙派则废卷浩叹“伏尔泰、卢梭二人最是误国！”）

对民众长期诟病的“王印封书”和长子继承权，国王也坚决下令废止。前者是秘密警察制度的前身——只要从国王那里获得王室的空白文书，填上任意一个人名，便可以将此人投入监狱。大革命早期领袖米拉波一度沦为该制度的牺牲品：由于与某有夫之妇有染，其父借助王印封书将他收押，但在狱中他仍不屈服，著文抨击王室腐败，号召推翻君主专制制度。这样的革命党，换作路易十五时代，早已被流放甚至斩首，但国王却无意深究，优容与之。长子继承权也是欧洲大陆的一项陋习：长子继承所有头衔和大部分土地，其余子女则须自力更生或仰其鼻息，明显有违公平之道。本着子女一体平等原则，国王同意将这一欧洲大陆流行久远的习俗废除，亦可谓善莫大焉。

由于上述改革触及到特权阶层利益，国王及其大臣——无论是杜尔阁还是内克——都遭遇到巨大阻力。比造成财政困难的免税制更可怕的是，在贵族以及教士们看来，国王人人平等的信念太过理想主义色彩。在一个君主专制已长达一千余年的国度，像美洲殖民地一样建立人人平等的合众国，简直是天方夜谭。他们诊断的结论是：国王的病不轻，得治。

国王对平等的热爱，体现在他颁布的三级会议选举规则敕令中："我希望，无论是王国边陲还是最为偏远的地区，每个人都能确信把自己的要求和愿望传达给我。让我知道我的人民的愿望与疾苦，从而以相互信任和君臣间的友爱，使国家的缺点得到迅速有效的纠正，并且使一切弊政得到改革，一切善良巩固的措施得以实行，从而保证公众的幸福。"响应国王的热忱呼吁，法国人民群情振奋，陈情书多达六万多封——由此，肉身酷刑被废除，新闻审查被取消，人民获得言论自由——国王发誓要将人民应得的权利还给人民。这确乎是当时第三等级普遍民意的反映——但问题是，一向享受特权的贵族和教士阶层愿意敞开胸怀拥抱他们的第三等级兄弟吗？当国王旗帜鲜明地站在杜尔阁和内克（后来是马尔泽布尔）一边锐意改革之时，事实上他也站到了贵族和教士对立面。国王野心勃勃的改革计划旨在取消一切奴役，一切特权。不仅要求取消跨省的壁垒，废除贸易关卡，大力发展工业，而且要求贵族、教士与第三等级一体纳税。此外，他在政治上也提倡广开言路，让普通民众参与国家与地方政治——这类改革举措，在贵族、教士眼中无异于洪水猛兽，同时也说明国王本人已丧失心智、病入膏肓。

国王与贵权阶层的冲突暴露在公众面前，引发了声势更为浩大的统治阶层与第三等级之间的冲突。等到巴黎民众被吉伦派和雅各宾派煽动起来走上街头甚至包围王室之后，在民众与贵族势力之间摇摆不定的国王逐渐失去了对局面的掌控。照历史学家巴纳夫日后的说法，“路易十六既不是（加强对人民奴役的）提比略，也不是（致力于获取人民信任的）查理曼，他过于驯良，以至不力图纠正那些曾经使他看到后感到气愤的弊端……他的统治只是为了善意而展开的软弱和无能的行动的一系列尝试”——换言之，国王之病，在于他与生俱来的性格懦弱，在于他的平等观远远超乎他的时代。

历史学家分析，假如国王头脑足够清醒，他一定能认识到第三等级的崛起无可避免；作为这个国家未来经济力量的实际控制者，国王依靠他们的支持一定能抑制豪强，强力推行他志在必得的各项改革。但事实上，国王凡事提倡以理服人，贵族不愿讲道理，国王又不肯铁腕用强，于是第三等级的怨气日益弥漫，以至于对国王彻底失去耐心。从另一个角度看，对日益高涨的抗议活动，出于维护统治秩序的目的，国王照例加以谴责，却迟迟不肯应贵族之请派兵镇压，导致群情激愤，愈演愈烈。仇恨的怒火由王室蔓延至贵族，而作为最大封建领主的国王却不能对他封赏的贵族加以保护。国王的处境可想而知。

由此可见，正如一位君主可能因拒绝改革而遭毁灭一样，路易十六是因尝试改革而遭毁灭。史载这一时期国库巨额亏空是事实，但与此同时，他的各项改革举措所取得的经济成就也不可抹杀：农民取得土地所有权，激发了农民积极性；消除贸易壁垒和关卡，促进了工业发展和商业流通；整个社会呈现出一派欣欣向荣景象——这也验证了托克维尔的名言："革命并不总是在事情变得更糟糕的时候发生，恰好相反，往往在人民长期受专制压迫却不能抗议，而突然发生政府放松高压的时候，人民揭竿而起。"从这一意义上说，路易十六之死是替他先祖还债——是他甘愿放弃权力后自蹈死地。路易十六死后，地下出版物中有一份名为"路易·卡佩向地狱报到"的小册子，说经过审判，神祇派出秃鹰啄食他的心脏，第二天重新长出又被啄食——有人说这代表国王必须承受永生的无尽痛苦，也有人说这是将他比作神话中盗火的普罗米修斯——哪怕身体残缺不全，也要造福人类。这样的"病夫"，其实是英雄。

里斯本大地震与康德哲学转向

罗素在《西方哲学史》中曾言："康德的早期著作较多涉及科学，而较少关系到哲学。"事实也的确如此。1755年，康德（1724—1804）发表日后被视为他最重要的科学著作《自然通史与天体理论》——尽管其中提出的"星云假说"要早于拉普拉斯（1749—1827），但由于作者当时籍籍无名，很长时间这一著作在科学界几乎无人问津。同时，更少有人留意到：该书的出版与里斯本大地震恰好在同一年发生——在此之后，康德的学术研究由自然科学更多转向广义的哲学（包括伦理学与政治学）。而康德的这一转向，在德国以及欧洲启蒙运动思想史上亦产生极为深远的影响。个中缘由，颇值得探究。

里斯本大地震与18世纪欧洲启蒙运动的历史进程关系重大，这一论断已是当代西方史学界的共识。大地震最直接的后果，是原本内外交困的葡萄牙海洋帝国经此沉重打击，最终走向解体。与此同时，随着阻碍自由思想传播的天主教耶稣会（及其所属宗教裁判所）被取缔，该国的思想启蒙运动逐步与英法等国接轨，神权（或教权）逐步由新兴资产阶级掌握的世俗权力所取代。以庞巴尔侯爵（1699—1782）为首的改革派在整肃教皇派政治对手之后，放手推动葡萄牙政治、经济、文化和社会生活等领域的全方面变革。正是这些变革，将落后的葡萄牙引领走上早期现代化之路。而放眼欧洲范围，这一事件在"文人共和国”（Republic of Letters）内部引发的争论则标志着启蒙运动中弥漫的乐观主义精神的终结。

众所周知，西方文明的重心自中世纪后期开始从地中海向大西洋转移，而葡萄牙地处地中海与大西洋的接合部，首都里斯本港更是进出地中海的咽喉要道。照葡萄牙历史学家 J. H. 萨拉伊瓦的看法，中世纪后期的地中海是基督教文明与伊斯兰文明对峙、斗争和相互渗透的分界线，而葡萄牙优越的地理位置和先进的航海、造船技术，也为它早于其他欧洲国家向海外扩张提供了有力保证。时至 18 世纪中期，尽管海外殖民的势头有所减缓，葡萄牙在欧洲仍具举足轻重的地位，直至大地震来临。

地震固然是天灾，但并非无迹可寻。早在地震前近半个世纪，德国思想家莱布尼茨 (1646—1716) 在他的哲学名著《神义论》（1710）中便做出预言：“一个卡利古拉（Caligula），或一个尼禄（Nero），祸害比地震大得多。”——他暗讽的是葡国历史上第一位实行绝对专制的国王若奥五世（1689—1750）。而在地震前一年，即 1754 年 8 月，英国小说家亨利 · 菲尔丁在游览里斯本后称之为“世界上最肮脏的城市”——尽管后者当时是仅次于巴黎、伦敦的欧洲名都，并以富庶繁华著称于世。当地贵族、教士阶层的骄奢淫逸给这位“英国小说之父”留下了深刻印象——“肮脏”一词绝不单指里斯本的街道而言。

里斯本大地震发生于 1755 年 11 月 1 日，震中位置为里斯本西约 100 千米大西洋底，地震有感半径达 200 千米，地震引发的海啸浪高 30 米，英、德、法三国均受其害（远在普鲁士的康德也注意到附近滕普林湖水出现“奇怪的”变化），死亡人数高达 20 余万。此次地震为欧洲历史上最大地震，也是人类史上破坏性最大和死伤人数最多的地震之一。

令人困惑的是，地震（以及随后蔓延的火灾）使得全城数百座教堂、修道院和其他公共建筑毁于一旦，但城中的妓院却完好无损，这一现象使得素以“虔诚”著称的耶稣会教士和神学家抓狂不已。新教神学家约翰·格奥尔格·齐默曼 (1714—1795) 认为天主教的圣人崇拜方式以及“异端”审判是地震发生的根本原因：地震发生的日子恰逢天主教的万圣节，便是显著的标志；而宗教裁判所在地震中率先被震塌则是“人神共愤”的必然结果。对此，天主教人士予以严厉反击。1756 年秋，葡萄牙最有影响的耶稣会士加布里埃尔·马拉格里达 (1689—1761) 发表著作《一种看法：这场大地震的真正起因》，对上述“谬论”严加驳斥。在书中，马拉格里达告诫包括新教徒在内的全体民众必须深刻反省：“别忘了啊，里斯本！毁灭我们房屋、宫殿、教堂和女修道院，燃起吞噬无数珍宝的大火，和让众生丧命的原因……是你罪孽深重的邪恶！”——这位教士坚决反对把里斯本大地震归结为自然现象，相反，他坚持认为这正是该国新教徒（他称之为“新基督徒”）倡导的罪恶生活方式诸如看歌剧、听音乐、赏斗牛等奢侈享乐所带来的恶果。

与上述观点相似的是英国基督教神学家约翰·卫斯理（1703—1791）。他在 1755 年日记中写道：“地震是神意裁判的一种表达方式。”在地震之前，这位“卫斯理宗”的创始人不止一次观测到哈雷彗星，这使得他益发坚信上帝对“悖逆”子民的惩罚已迫在眉睫。事实上，大地震之后在牧师与神学家中最为流行的观点是：这场地震乃是上帝对子民的警示，也是末日来临的预兆——世人唯有忏悔罪孽并改变其生活方式始能获得拯救。

不仅在宗教人士当中，大地震在启蒙运动“文人共和国”内部也引发了广泛争论，其中以伏尔泰—卢梭之争最为知名。欧洲文化名人伏尔泰获悉地震详情后，写下名诗《里斯本的灾难》。在诗中，他首先对“天谴论”提出质疑：地震若是天主的惩罚，婴儿何罪，也要受罚？其次，巴黎与伦敦存在更多败德的社会现象，为何却是罪恶程度较轻的里斯本遭受严惩？此外，伏尔泰藉此天灾，对当时盛行于欧洲思想界的“乐观主义”哲学提出严厉嘲讽和批判。首当其冲的是莱布尼兹（及其弟子克里斯蒂安·沃尔夫）对自然恶的理性解释及其“前定和谐说”，在伏尔泰看来，这是端居象牙塔中、脱离社会现实的学者炮制出的荒唐可笑的无稽之谈。在此之后，伏尔泰又在该诗的《作者序》中点名批评英国大诗人蒲柏 (1688—1744)，尤其是后者长篇哲理诗《人论》(1734) 中的格言“现实就是合理”——按照蒲柏的见解：个别的不幸是有意义的，因为它能促进普世的福祉。相对于莱布尼茨的愚蠢而“天真”，伏尔泰认为蒲柏的说法既荒谬又“残酷”——高谈阔论人间苦难必要性的哲学太过冷酷无情。

伏尔泰对前贤的嘲讽令卢梭大为不满。1756 年，卢梭作《论神意书》呈送伏尔泰。在信中，卢梭声称他在此前另外一本书 (《论人类不平等的起源和基础》，1755) 中，已然指出人类遭遇的天灾，往往不乏人祸因素——如里斯本大地震，伤亡如此严重，乃是因为“向慕繁华虚荣”的人民抛弃乡村，涌入密集城市之故。

相比于伏尔泰对“天谴”的质疑，卢梭坚持人祸甚于天灾之说（这与他稍后出版的《爱弥儿》开场白“出自造物主之手的东西，都是好的，而一到了人的手里，就全变坏了”如出一辙）。换言之，伏尔泰在怨天，卢梭认为倒不如怨人；文明人必须进行自我反省和检讨。伏尔泰对卢梭书信的反应，是一部讽刺哲理小说《老实人或乐观主义》（1759）。伏尔泰在书中选择里斯本大地震作为背景，主要目的就是抨击“神义论”（Theodicy）——在他笔下，里斯本地震将城市摧毁几近四分之三，而裁判所却要在庄严的宗教仪式中，用文火将教会“异端”活活烧死，并宣称这是为了防止全城毁灭“万灵的秘方”——堪称是入木三分的辛辣讽刺。

事实上，包括神学家和启蒙思想家在内，整个欧洲都在为里斯本的灾难进行反思。上帝惩罚的解释受到普遍质疑——因为人们发现，尽管大地震后采用了最虔诚的宗教礼仪终日祈祷，但上帝的怒火（连续不断的余震）并未由此平息。这一现象一方面促使不少科学家对地震起因展开近代科学意义上的思考和探索，比如被后世奉为现代“地震学之父”的英国天文学家约翰·米切尔(1724—1793)发现：地震乃是地表以下岩体移位最终引发的波动；另一方面也使得启蒙思想家认识到，冲破神学禁锢、普及知识、教化民众乃是欧洲社会转型、步入现代化的必经之路。在这一过程中，哲学家康德对大地震的思考最为深入，影响也最为深远。

平生几乎从未离开柯尼斯堡的康德，通过报刊新闻获悉里斯本大地震的消息。这一事件对康德触动很大，也直接影响到他日后的科学和哲学研究。据历史记载，康德是率先对地震成因及后果进行深入探究的学者之一。早在1756年1月下旬，他就在柯尼斯堡《询问与广告新闻周报》刊发文章，标题是“关于1755年底震撼地球一大部分的地震的奇异事件的历史与自然描写”。他的结论是：月亮引发潮汐，海潮的波动触发地心矿物质燃烧，燃烧后又引起火山、地震和海啸等连锁反应——根据牛顿学说，由于天体轨道运转角度变化的原因，万圣节（11月1日）这一天月、地之间引力最小。由此康德提议：今后新建屋舍应尽量避开河谷和断层地带。在文章结尾，康德借题发挥，认为“在地表上时不时发生地震是有必要的，但我们没有必要在上面建造豪华的建筑”——其原因在于“人生来不是为了建造永久的居住地……他有更高的人生追求”。

在此之后，意犹未尽的康德连发三篇地震科学论文，以里斯本地震为个案，力图从更广泛的意义上对包括地震、海啸、火山等自然现象发生的条件、过程、原因进行解释，并且试图为减少地震灾害提供解决方案。其中一篇论文特别谈到火山喷发的利好因素：地热有利于植物生长，能够将地下丰富的盐质散发出来，而且含有硫磺的粉尘可以净化空气；此外，火山的冲击力还能够防止地壳僵化，并且断言人们甚至可以通过浸泡火山温泉增强体质（日后温泉疗法风行欧洲，与康德的鼓吹不无干系）。

对康德而言，里斯本地震的重要性不仅表现在它促进科学研究，更表现在它已成为一种隐喻，激发这位柯尼斯堡“隐士”将目光从头顶的星空转向脚下的大地。正如德国历史学家乌里希·罗夫勒指出的那样：这场地震被认为是启蒙运动中“普遍的乐观主义的关键突破点”，通常也被视为启蒙运动的转折点——启蒙思想家开始将地震（火山、海啸以及瘟疫）等自然暴力视为推翻现有既定秩序的革命性隐喻——恰如日后恩格斯所说：“没有哪一次巨大的历史灾难不是以历史的进步为补偿。”不仅于此，康德（以及随后的歌德）更从法国大革命中看到普通人未曾留意的“现代性转变过程中恐怖的一面”：滥权和暴力。

照历史学家的看法，无论是1775年的美国独立革命，还是1789的年法国大革命，都让普通民众看到了革命暴力的合理性。自然暴力带来“地球的革命”，是自然运动的必然，所以政治动荡同样也无法回避。法国大革命的暴力，就是“以自然的名义宣传，以自然的名义处决，以自然的名义批判”，藉此摧毁旧制度，为人类社会带来自由、平等和博爱。为了强化革命的神圣性，火山喷发的形象也被有意无意地同暴力革命联系起来——山的神圣性与火的破坏性融合起来，形成政治化的“火山印象”：其中既蕴藏动荡，又充满活力，顺理成章地成为大革命的象征。支持法国革命的人，普遍对暴力充满同情和浪漫想象——相信暴力足以摧毁并改造旧制度，正如德国思想家恩斯特·阿恩特（1769—1860）所言：“暴君和国王如尘土，金字塔和巨像将崩裂，地震和火山喷发让他们陷入窘境。唯有真理永恒。”在这一点上，连康德也不例外——照罗素的说法：“在恐怖时代来临之前，他对大革命一向抱有同情态度。”

然而康德的伟大之处在于他对历史和现实的思考并未就此止步。面对大自然威力无比的破坏力量以及由此引发的宗教纷争，康德首先提倡划分知识的界限，承认人是“有限的理性存在”。他将莱布尼茨－沃尔夫体系以及犹太哲学家门德尔松的学说斥为“独断论形而上学的最后遗嘱”，因为这一类乐观主义哲学学说无限夸大人类的理性力量，认为“所有的失败，所有的恶，都是知识不足所造成的”——只要人类不断学习新知，不断完善自我，便能实现人类社会的“永恒进步”。然而康德却认为，理性本身是无限的，但需经过浩瀚无涯的习得过程，因此从理论上说，除非人类长生不老，方能获得无限理性。按照康德的解说，价值一词（拉丁文意为“护堤”，古德语意为“庇护”），本意乃是针对消解人类生存意义的虚无主义，但如果人类以理性（工具理性或科学理性）为价值标准，便极有可能最终失去价值，因为科学理性是有限的，不足以充当人类生存的价值基础。唯其如此，康德不得不对知识加以限制，从而为信仰留出地盘——这即是康德在《纯粹理性批判》第二版（1787）序言中所宣称的哲学领域“哥白尼式的革命”。

在完成伦理学领域的探究与批判之后，康德又将目光转向政治学领域——探讨启蒙的意义和必要性。在1794年发表的《回答一个问题：什么是启蒙？》一文中，康德定义“启蒙就是从他自己造成的未成年状态中走出”。普通民众乐意终身羁留在未成年状态，原因不仅在于他们自身的懒惰和胆怯，更在于统治者的愚弄和煽动，以及别有用心地培植偏见。康德以法国大革命为例，论证“通过一次革命，也许会造成个人独裁和压迫制度的倒台，但却永远不会实现思维方式的真正变革，反而会使新的偏见成为无思想的群氓的引导”。照他的观点，思维的变革或思想的革命才是“启蒙”全部意义之所在。

由此，在四年之后发表的《系科之争》（1798）一文中，康德力主“低级的”哲学应当从神学、法律等“御封的”高级学科当中独立出来。国家设立御用学科目的在于恫吓臣民以便于统治，而个人对独立自主的追求也会受到威权和传统的桎梏以至畏首畏尾、裹足不前，相反，哲学只听从理性，既不是“神学的婢女”，也不受世俗权力的束缚——哲学家应当自由深入地展开理性思考和批判。康德认为，政治和宗教是对批判最为敏感的两个领域——因此最需要加以批判——他的名言是“如果批判者不能批判一切，也就什么都不能批判”。

这也是康德念兹在兹的“启蒙的自由”，即在一切事务中公开使用自己理性的自由。然而在他的有生之年，即目所见，到处是对自由的限制——“军官说：不要议论，只管训练！财政官说，不要议论，只管纳税！神职人员说，不要议论，只管信仰！……”在康德看来，对公民自由的限制只能使之日益麻木而怯懦，相反，更大程度的公民自由则有益于民族的精神自由。用他的话说：“如果自然使它精心照料的这颗种子，在这个坚硬的外壳下面发芽生长，那么，它就会逐渐地反过来影响到民族的性情，并最终影响到政府的基本原则，政府会认为按照人的尊严来对待人是非常有益的。”但可悲的是——“而现在，人更多地是机器”。

1933年，希特勒掌权。在一场史无前例的浩劫中（西奥多·W.阿多诺视之为“里斯本大地震的20世纪翻版”），被马克思称为“法国大革命的政治哲学家”的康德（连同马克思本人）的著作，在德国一同被禁毁，罪名仍是宗教裁判所惯用的——散布“异端”。

塞勒姆“猎巫”的政治经济学

在“通俄门”事件持续发酵之际，美国总统特朗普推特上频度最高的是“猎巫”（witch hunting）这一古老词语——总统指责民主党的调查报告编造出“莫须有”罪名，与300年前塞勒姆猎巫案如出一辙。事实上，自20世纪50年代美国剧作家阿瑟·米勒反麦卡锡主义的名剧《坩锅》（The Crucible，或译《塞勒姆的女巫》）问世以来，猎巫已成为政治迫害的代名词，在民主和共和两党政客中广泛使用。双方都心知肚明：作为打击政敌的有效手段，没有什么比利用所谓“外来威胁，从而引爆民众恐慌”的策略更为管用。从美国内战南北双方的相互攻讦，到伊拉克战争布什总统的“除恶宣言”，此法屡试不爽。然而吊诡的是，对于长期令美国司法界蒙羞的塞勒姆猎巫事件本身，政坛各路人士却讳莫如深。为进一步探求历史真相，普利策奖得主斯泰西·希夫新近推出《猎巫：塞勒姆1692》（浦雨蝶、梁吉译，文汇出版社，2020年，以下本书引文仅标页码），对该事件进行系统回顾，并尝试从中汲取经验教训，颇耐人寻味。

新英格兰马萨诸塞小镇塞勒姆（Salem）——该字在《圣经》中意为“和平”，但1692年发生的一切，却与和平背道而驰——成为一场全民参与的歇斯底里闹剧，堪称日后所有美国人的噩梦。自当年2月发现首例“女巫”并由代理总督菲普斯下令设立特别法庭，到十月份由于打击面太广（总督夫人亦牵涉其中）

被迫解散法庭，其间共有 19 名嫌犯领受绞刑，另有 4 人在狱中暴毙，而塞勒姆及临近城镇在押嫌犯（即“巫师”，多为女性）近两百名，各地监狱人满为患，连审讯法官亦不免人人自危。在 16—17 世纪欧洲大规模的猎巫运动走向式微之际，在偏僻小镇塞勒姆为何会突然爆发猎巫狂潮？要回答这一问题，首先需要回顾一下塞勒姆事件的历史背景。

17 世纪后半期，新英格兰地区正经历一场转变。塞勒姆镇是马萨诸塞殖民地最重要的港口之一（与波士顿并称当地两大航运枢纽），是殖民地与海外贸易货物进出口的必经之地，其谷物价格甚至可以作为大西洋两岸商品价格的指标。在这一时期，塞勒姆镇居民的财产总额远远超过埃塞克斯县城。但问题是，尽管人均产值增长较快，财富分配却极不平衡。社会变迁冲垮了传统农耕社会原有的温情，财富不均导致的羡慕嫉妒恨，以及卷入商业活动激发的“经济人”理性等因素，致使人际关系越发冷淡。清教伦理的禁欲观念与经济发展带来的金钱腐蚀性之间的矛盾愈演愈烈，清教徒的宗教情怀终究抵挡不住经济利益的诱惑。在这样一个日后被历史学家埃德蒙·摩根称为“清教神权部落”的小镇，最令族中长老哀叹的是商业主义对虔信宗教精神的“毁灭性打击”。在他们看来，以爱德华兹牧师为首的“奋兴派”在新英格兰地区发动的“宗教大觉醒”运动不仅非常及时，而且十分必要。

宗教是殖民地的精神支柱。美国历史学家伊萨克·里德在《清教文化的性别形而上学》一文中对马萨诸塞殖民地包括种族、肤色、性别在内的二元对立现象进行了深入剖析，其中特别提到宗教元素：当地不仅存在清教徒与天主教徒的对立，也存在国教派与非国教派的对立，形势错综复杂。而英国政府发动的对外战争使得局面愈发恶化。在这场号称“菲利普王之战”（1675—1676）——以印第安人首领梅塔科迈特(Metacomet)的英文名来命名——的战争中，不少新英格兰乡镇（如塞勒姆，以及临近的安多弗）被袭击甚至惨遭屠戮，由此留下难以根除的创伤和心理阴影。塞勒姆地处与印第安人交战的前线，这种特殊的地理位置造就了村民们紧张的心态，这也是猎巫案爆发的强烈催化剂。

与此同时，由于1684—1692年间“特许状”的废止与重新颁发，引发殖民地政坛的动荡，加剧了城镇居民的恐慌。“特许状”照例由英王颁发，王室并据此任命了宣誓服从国教的总督，可惜不久被殖民者所控制的议会所推翻；新当选的总督随后颁布殖民地宪章，将贵格会和圣公会等教派信徒囊括其中，引发清教徒强烈不满，殖民地当局维持世俗秩序的神权合法性受到质疑。雪上加霜的是，当时恰逢新英格兰有史以来最严酷的寒冬。厚厚的冰冻使得波士顿港陷于瘫痪。随着贸易停滞，粮食价格上涨到惊人的历史新高。在清教徒看来，累积的集体罪恶如作物歉收、飞虫成群、流行病暴发、印第安人袭击、讨伐法国军队的远征失败，皆是上帝对新英格兰不满的表征。因此，需要一位斩杀斯芬克斯的俄狄浦斯王一般的英雄挺身而出，为城邦“根除罪恶”，才能恢复塞勒姆“肌体”的正常。塞勒姆新近任命的教区牧师萨缪尔·帕里斯意气风发，慨然决定担此重任。

帕里斯的牧师住宅坐落于塞勒姆村的十字路口，可以兼顾东西村民。根据《猎巫》一书的考证，日后被指控行巫的多为该村东部居民——以波特家族为首，其中的成功人士拥有包括房产、土地在内的各种资产，并与塞勒姆镇及其港口和酒馆的生意大有关联；相反，指控他人行巫的家庭多聚集在西部，他们更靠近原始丛林地带，依靠传统的农业生存方式——以帕特南家族为例，其资产表现形式主要是土地：清教继承系统规定在所有儿子中间平均分配土地，因此到了移民的第三代，他们都苦不堪言。第三代子孙分到的田地极少，附近也没有可以拓展的空间，生存环境日益逼仄。由是也加剧了双方的矛盾冲突。

更为致命的是，当怀揣致富梦想来到这里的新移民们发现无以为生时，原本已经充满矛盾的塞勒姆气氛势必变得更加紧张，由此控巫成为贫富阶级相互敌对与报复的利器。由于特别法庭采信“幽灵证据”（specter evidence），即便是捕风捉影的不实之词也能击垮对手，那么何乐而不为？穷人可以凭借丰富的想象来攻击趾高气昂的富人，而相互瞧不上眼的富人也正好借机打击他生意上的竞争对手。善恶之间并非存在不可逾越的鸿沟，环境压力也会让“好人”干出可怕的坏事。在塞勒姆，帕里斯牧师所谓“邪恶力量的诅咒”（巫术）只不过是一根导火索，它引爆了邻里间的不和睦，也放大了塞勒姆人对于未知的恐惧和对外来势力的排斥与仇恨，让那些本来安分守己的村民转头疯狂迫害自己身边的亲近之人。

作为新兴资产阶级和没落地主阶级的代表，东西双方代表在关于遴选教区牧师（以及确定薪俸标准）等事宜上，时常唇枪舌剑、剑拔弩张。在斯泰西·希夫看来，随后发生的猎巫案是塞勒姆政治与经济竞争所带来的“一种病理学的副作用”，在单个事件中是更深层和长期的经济张力的文化表达。她的论据是，经济发展和社会转型使人们丢失了“初心”：对教会缺乏崇敬之心，教堂信众越来越少，导致启蒙思想、理性精神以及物质主义等各种思潮泛滥。由于信徒漫不经心，教区牧师的薪水时常难以为继，以至于频繁更换——塞勒姆神权统治的根基被严重动摇。

值得注意的是，在帕里斯牧师的布道演讲中，他警告当地塞勒姆居民当下出现的阶级斗争新动向，即外患(战争)和内忧(行巫者)日益迫近。其神学逻辑可简单归纳如下：魔鬼想要倾覆新英格兰，所以派遣源自荒野的蛮族（印第安人）来攻击我们，并在我们当中安插了使者（女巫）。作为塞勒姆教会的灵魂人物，帕里斯坚信他的使命（mission）便是揪出魔鬼的使者，从而保证社区人民的生命财产安全，由此证明作为上帝的选民，塞勒姆并未失去上帝的眷顾(“有魔鬼的地方，上帝必在附近”)，其政权仍牢牢掌握在自己人(清教徒)手中。对此，帕灵顿 (Vernon L. Parrington) 在《美国思想史》（1927）中认为，马萨诸塞的宗教不宽容政策使得当地任何非清教思想均被视为异端邪说，强烈的宗教控制欲乃是猎巫的根本动力。塞勒姆猎巫案“是对一代人的压迫的产物，长期奉行的压迫政策，绞死贵格派，破坏独立意识，把人们的思想束缚在清教范围之内，产生这一事件是必然的结果”。

如果说帕里斯是“前台人物”，与他一同上演双簧的托马斯·帕特南则是整个猎巫事件的幕后策划者。在当年2月下旬那个泥泞的星期一，他前往塞勒姆镇告发之前，很可能认为自己已经被“诅咒”——他此前失去了土地、孩子、两份遗产和一头牛。他憎恶同父异母的兄弟，更憎恨那些无孔不入的东邻富人，同时希望能在“搅浑池水”的情势之下“坐收渔翁之利”。H. L. 门肯曾打趣说，清教徒的才能是“召唤巨大的法律力量去解决私仇”（390）。这正是帕特南的杰作——因为“巫告 / 诬告”使得这名失意男子能够借助妻子 / 女儿的证词攻击当地“任何一个仇家”。

按照律法，一旦罪名成立，将要对行巫者进行公开处决，其目的纯粹“出于一种教育的苦心——罪犯的死起到了榜样的作用”。两名贵格会商人在那年秋天造访塞勒姆，发现那里为了清除所谓的恶魔崇拜，正急切地“吊死一个又一个人”。的确，正如清教神学家科顿 · 马瑟所哀叹的，他们“狂热且疯狂地在黑暗中相互伤害”（317）——在此过程中，每一个人都变得铁石心肠，冷酷无情。就像麦考莱在《英国史》（*History of England*）一书中所说：“与来自外界的残酷迫害相比，宗教社会内部的净化手段看似非常柔弱，其实才是最为严厉、强制推行的惩罚方式。”

当然，猎巫除了维护教区的道德纯洁和政治正确，从经济角度衡量也可算是一桩“划算的生意”。由于猎巫事件在殖民地的“眼球效应”，特别法庭的主审法官以及作为控方代表的帕里斯牧师作用凸显，再也不用为区区薪俸而发愁。对于底层的司法人员来说，短时间内迎来如此庞大的客户群更是喜出望外。护送囚车的守卫、兴师动众追捕嫌犯的治安员，以及负责短期羁押的看守，他们付出了大量时间，同时还必须给嫌犯提供饮食——显然不能无“功”而返。以监狱看守为例，囚犯中有像英格索尔这样的酒馆老板，无疑意味着“一笔好生意”——可以温水煮青蛙，慢慢榨干他的钱财。（303）更重要的是，作为此前“辛勤劳动”的补偿，在嫌犯被定罪后，司法人员有权清空他们的家宅，并且“总是速办速决”。玛格丽特·雅各布斯一家被羁押后，治安员科温（恰好是法官科温的侄儿）及其手下洗劫了她祖父在河边的产业：没收了牛、干草、一桶又一桶的苹果、大量白锡器皿、鸡和椅子。最后，他们甚至从玛格丽特母亲的手上拨下黄金婚戒，扬长而去。偶尔地，也有嫌犯家人设法追讨“赃物”，比如一个被绞死的老妇之子，当他与治安员赫里克谈判时，对方善意地提供了“赎回”财产的机会——同时要求他支付贿赂款十英镑（经过讨价还价，最后以当月兑现的六英镑成交）。（305）

正如前文所述，当塞勒姆猎巫之风兴起之时，欧洲的猎巫行动已近尾声。荷兰和日内瓦分别于 1610 年和 1632 年取消所有控巫诉讼。30 年后，法国国王路易十四驳回了所有巫术案件。在英格兰，截至 1646 年，全国性的猎巫运动告一段落，1682 年之后则再没有进行过公开审理（尽管之后仍然有零散的审判，但多半都不了了之）。在埃塞克斯，大陪审团的乡绅们以“无稽之谈”的裁决拒绝采信对巫术的指证。1736 年，英国议会最终废除了 1604 年由“神魔学”专家詹姆斯一世主持通过的惩罚巫术的法律条文。在波义耳、牛顿和洛克学说迅猛传播的时代，随着科学理性与宗教宽容的理念深入人心，猎巫走向消亡似乎不足为奇，但奇怪的是，为何独独在塞勒姆它得以死灰复燃？

说到底，尽管欧洲范围内质疑巫术的文章早已存在，但在1692年前，普通人根本无法在塞勒姆（以及波士顿乃至马萨诸塞殖民地）读到任何此类文本——宗教信仰和新闻管制使当地居民几乎与世隔绝（73）。早在1637年，殖民地当局便做出规定，非正统教徒不得进入马萨诸塞——宣扬异端的罗杰·威廉斯 (Roger Williams) 因此被驱逐出境。当然，作为“异端”的女性更是罪无可赦：从安妮·哈钦森（Anne Hutchinson）开始——这位魅力超凡的宗教领袖鼓励女人远离布道，并公开质疑教会教义——结果以扰乱治安（或寻衅滋事）的罪名被驱离。安·西宾斯在1640年擅自引用《旧约》，妄称那段经文告诫丈夫要听命于妻子，结果被告上法庭。直言不讳的贵格教徒玛丽·戴尔公然反抗要求她离开马萨诸塞的命令，最终被施以绞刑。（142）更有甚者，塞勒姆的罗伯特·派克是一位虔诚之士，博览群书，拥有大无畏的坚定信念。早在20年前，他曾对法院就宗教自由的判决提出质疑，因此被判处诽谤罪，并被禁止担任公职。（293）

在如此政治高压态势之下，外部的先进思想和理念的确难以“渗入”，比如欧洲著名鬼神学家约翰·威尔针对《女巫之槌》做出的批驳《论妖术》。威尔认为，虽然撒旦的威力和破坏力比人们想象中要厉害得多，但从罗马法的角度来看，巫士与撒旦之间的盟约并无法律效应，因此巫术罪行也不能成立——那些无知的妇女虽然承认自己是女巫，但她们只不过是因为受错觉的影响而招供。利用他的医学知识，威尔解释说，所谓女巫的恶巫行为其实是自然和医学方面的原因造成的，而且在很大程度上，巫士有关恶魔罪行的招供都源自某种程度的歇斯底里（“癔病”）或精神抑郁症。总之，威尔的结论是，“巫术就是由一些神经错乱的人供出的、在法律上不可能成立的罪行”。

比威尔影响更大的是启蒙运动早期德国哲学界的重要人物克里斯蒂安·托马西乌斯（1655—1728），他被20世纪德国著名哲学家格奥尔格·拉松(1862—1932)誉为“德国启蒙运动时代的马丁·路德”。经过考证，托马西乌斯认为猎巫运动不过是个别历史人物别有用心的操控和运作，荒诞不经，于史无据，因此必须加以废止——“因为揣测就将人活活烧死，这代价实在是太大了”（蒙田语）。当此之时，无人致力于寻求真相（也无人在意），只有集体的精神狂乱及其所造就的牺牲品。由此托马西乌斯揭示出道貌岸然的宗教人士背后掩藏的另一副面孔：即宗教神学的杀人欲望。像一个世纪之前的马丁·路德一样，托马西乌斯再次敲响警钟，奋力反抗教会权威，主张从根本上停止对巫师的迫害。

其实殖民地并不缺乏托马西乌斯一类的高明之士，比如在都柏林三一学院获得硕士学位的英克里斯·马瑟,时任哈佛校长。马瑟没有明确反对在法庭上采纳“幽灵证据”，尽管在私人日记中，他一直强调自己竭力反对这一作法，也为违心写出赞同女巫审判的《隐形世界的奇迹》（*Wonders of the Invisible World*）一书而深感懊悔。然而在政局动荡的年代，身处正副总督明争暗斗的权力阶层，从明哲保身的动机出发，类似马瑟这样的聪明人非止一位。正如牧师约翰·怀斯所说，与其说他们“是学问的主宰者，倒不如说是受害者”——他们阅读了大量巫术文本，他们解析了无数法律条文，他们以“纯粹理性”的名义工作。但问题是，他们沉溺于海量信息之中，却没有能力做出正确抉择。可见，“他们被教育毒害了”——机智如马瑟，明明可以通过保持缄默表达立场，却偏偏选择了助纣为虐。

由于猎巫之风愈演愈烈，从理论上说，每一个塞勒姆村民都有可能成为指控者和被指控者。此时为了自保，最好的方式便是先下手为强。当然，更多的时候，这也成为发泄私愤或政治怨恨的一种手段。如此一来，神权政治的基础便土崩瓦解。其主要原因不在于宗教自由原则，而是因为神权政治的那个假定前提被证明是虚妄的：它认为政府能够监视和控制人的内心世界，但事实却证明“这不过是臆测。倘若政府以臆测来判定共同体成员的信仰，那共同体成员全都处在了朝不保夕、互相猜疑、彼此揭发的恐慌中，共同体的秩序和团结将因此毁于一旦”。——猎巫事件最终无可避免地导致了马萨诸塞殖民地的政教分离（一个世纪后，托马斯·杰弗逊更将这一原则作为立国之本写进了美国宪法修正案）。

在菲普斯总督紧急叫停特别法庭之后，所有在押犯全部释放，社区社会逐渐恢复常态。接下来的问题是，谁应当为这起历史特大冤假错案负责？正如当初寻找女巫做替罪羊一样，帕里斯牧师万万料不到天道好还，这次轮到了他自己。昔日的老对手坐上了审判席，指控“他发假誓……打压批评言论，四处煽风点火”，并断言他“不仅是这个村庄，更是整个地区最大苦难的始作俑者和皮条客”。（368）法庭裁决，判定他有罪，并将他驱逐出境。帕里斯回到他曾经布道的偏远小村庄斯托，随即卷入一场薪资纠纷，一年之后黯然死去。

正如本书作者斯泰西·希夫在接受访谈时所说：“猎巫审判在极短的时间内，让社区蒙羞，以至于没人愿意站出来解释辩护。”阿瑟·米勒当年走访塞勒姆时也抱怨，当地人甚至不愿承认审判曾经“真实”发生过。整个事件都成为永恒的耻辱——新英格兰作为“新女巫兰”（New-Witch-land）被历史铭记——正统的清教徒试图证明自己的宗教虔诚，却弄巧成拙，导致“忏悔/认罪”的宗教观念被彻底玷污，神圣的司法权威受到严重亵渎。然而庆幸的是，猎巫事件最终也引发了一场革命：它为新英格兰的宗教宽容打开了一扇大门。与此同时，塞勒姆人（以及新英格兰人乃至全体美国人）养成了质疑权威的习惯——无论这一权威是来自牧师、来自上帝，还是来自总统。

19世纪初，托克维尔在实地走访马萨诸塞等地之后，对新英格兰“城镇自治”精神表示由衷赞叹，并将美国“例外论”（American Exceptionalism）归结为宗教精神与启蒙思想相结合的产物。从这个角度而言，塞勒姆猎巫事件不但告诫世人现代化进程中宗教宽容的重要性，更提醒世人在个人与社会、理性与非理性以及主流价值观与社会多元化之间应该保持适度的张力和平衡，才是长治久安之道。

“温和的欺诈”：从拉瓦锡的“私密科学”谈起

“近代化学之父”拉瓦锡在1773年的一个私人备忘录中曾写道，他相信他正在从事的化学实验一定会“给物理学和化学带来一次革命”。当时的化学，作为一门新兴学科，刚刚脱离炼金术和医学等学科获得独立，其科学实验也多在私家实验室进行，尚未尽脱神秘色彩，与19世纪以后公开、严谨的科学研究风格大为不同。根据科学史家弗雷德里克·霍姆斯（1932—2003）的定义，“私密科学”是指“那些或多或少在幕后所进行的科学活动、技艺、实践和思想”——私密科学 (private science) 是相对公开科学 (public science) 而言，两者没有截然的界限。科学家的实验室记录在未公开之前，属私密科学；一旦记录公开并成为公共财产，其理论学说及思想为世所公认，私密科学就一变而为公开科学。但两者之间仍有区别——如另一位科学史大家罗伯特·金·默顿（1910—2003）一再强调：“（科学家）公开的记录并没有记录下科学研究的真正过程。”——对于拉瓦锡而言，他与舍勒、普里斯特利、卡文迪许等人关于氧气的发现权之争是科学史上由来已久、聚讼不已的话题；在21世纪的今天，借助私密科学这一视角，或许可以看得更为真切。

1764年，富家子出身的拉瓦锡时年21岁，在科学院院士盖塔尔（171—1786）影响下，决定放弃前途大好的律师职业，转而投身科学研究。10年以后，他作出革命性预言，并宣称要重复此前关于固定空气的吸收与释放的所有实验——他立志要凭借科学实验数据发现空气中的“奥秘”，从而推翻在欧洲大陆盛行已久的“燃素说”。可惜事与愿违，此后很长一段时间拉瓦锡的研究进展并不顺利。尽管有拉瓦锡夫人的大力协助——她出身豪门，精通数国语言，为化学家翻译欧洲大陆最新的研究成果，同时担任实验助手；尽管他的实验室设备齐全——据说单单烧杯瓶便有13000多个，但他所做的实验并不都能成功。从日后披露的实验记录和私人备忘录来看，他的实验过程时常发生偏差，结果与之前预期大相乖违：拉瓦锡一度坚信他的理论对德国权威斯塔尔（1660—1734）的燃素说将形成致命打击，但实验数据并未提供有力佐证，令他苦闷不已。

由于科学院的学术会议日期临近，在巨大压力之下，年轻且渴望获得科学声望的拉瓦锡决定铤而走险——他在会上篡改了实验报告的数据，故意夸大实验的精确性，错误地描述他的实验进程，至于其实验的不足之处以及与其理论相违背之处则故意避而不谈。此外，他还数次利用刊物延迟出版的时机，对他的论文进行修改完善，然后当众宣布他领先一步的“重大发现”。——总之，从他的私密科学档案，人们可以身临其境地观察到拉瓦锡的实验历程，并能切身感受到天才科学家如同当今高校里的学术“青椒”，也有同样的迷茫、焦虑和苦恼。

今天看来属于“学术不端”的行为，在启蒙运动时代却被视为“温和的欺诈”，几乎是当时流行的科学著述的通病，同时也是一个胸怀大志的年轻人可以被理解和被宽宥的行为。相对于这些弱点，从拉瓦锡的私密科学档案来看，他面对挫折不屈不挠的勇气和过人的才智显然更加令人钦佩。拉瓦锡于 1772 年所做的第一批燃烧实验，对他日后氧气理论的形成以及化学体系的重构至关重要，科学史家因而将这一年称为“关键之年”。此前实验的失败并没有使他沮丧或放弃，相反却使他对化学定量研究的科学方法越发充满信心。随着论文的发表，拉瓦锡的私密科学转变为公开科学，这也是他在这一年当中最大的收获。

拉瓦锡一开始从事科研活动，就注重科学定量分析，并自觉地将科学测量置于极为重要的地位——他对燃素说的怀疑就是从燃烧物的质量分析开始的。同时，这种定量实验又以质量守恒定律作为前提，所以他能出人意料地用天平证明物质化学变化的基本规律。他成功地从牛顿建立的力学体系中吸取了关于物质在运动中质量不变的理论观点，从而阐明了化学反应中的质量守恒定律。也正是从这一点出发，拉瓦锡才开启了近代化学革命的道路。

当然，从私密科学向公开科学转变的道路并非一帆风顺。1784 年，拉瓦锡发表了一篇论文，指出水是由氧和氢组成的，水的重量等于氧和氢的重量之和。毫无疑问，这是关于水的物质组成的重大发现。文章最后，他还特地注明，此文完成于 1781 年，也就是说，这篇论文他在三年前就已写成。两年之后，即 1786 年，英国《化学纪事》杂志发表署名文章，宣称 1776 年英国化学家卡文迪许在实验时，就发现了氢气在氧气中燃烧后形成水滴，从而已经得出关于水的组成的结论——只是他的相关论文，在 1784 年 1 月才对外公布。该文作者、英国化学家布雷顿爆料说，早在 1783 年 5—6 月间，他本人作为卡文迪许的助手，在访问巴黎时曾将卡文迪许尚未发表的论文内容原原本本地告诉了拉瓦锡，于是拉瓦锡赶紧去重复这一实验，并最终写成论文抢先发表。经过律师“查证”——事实证明，拉瓦锡是在论文完稿的时间上搞了“小动作”。1790 年，拉瓦锡不得不发表文章，承认自己“弄虚作假”。

但令人无语的是，拉瓦锡 1784 年向科学院陈述他的备忘录时，几乎无一语提及卡文迪许。也许他认为自己附加的实验（用铁生锈的办法对水进行分析）以及他对易燃空气的燃烧作出的理论解释比卡文迪许的实验更为重要，但他对卡文迪许的这种刻意“忽略”却明显有违学术道德规范。事实上，英国科学家卡文迪许对此或许并不在意——他是一位著名的科学怪人：他富可敌国，却不知享乐为何物，终日沉溺于科学研究之中，被誉为“一切有学问的人当中最富有的，一切最富有的人当中最有学问的”。他从事科学研究 50 年，在物理化学领域取得若干突破性成果，但淡泊名利，发表论文不过 10 余篇——与热衷功名的拉瓦锡恰成鲜明对比。

不仅如此，在发现氧气优先权问题上，拉瓦锡与舍勒和普里斯特利的争端则更成为他为人诟病的话柄。瑞典科学家舍勒在药房当学徒时就醉心于化学研究。他发现磷在封闭容器里燃烧时，变为磷酸酐，而容器内空气体积减少了 1/5，剩下的 4/5 的气体却不能使物体继续燃烧。由此他提出有两种气体，占 1/5 的是能助燃的有用空气，或称活空气；占 4/5 的是不能助燃的无用空气，或称死空气。这样，继 1673 年波义耳发现金属的增重之后，时隔百年，舍勒发现了空气的减重，若是将这两人的发现结合起来，就能揭开燃烧的奥秘。但遗憾的是，波义耳没有注意到容器中空气和金属的总重量在燃烧前后并未变化，因此就假设有一种火微粒“跑”进容器；相反舍勒则是燃素说的信徒，认为燃烧就是释放燃素，他设想释放出的燃素穿过玻璃壁“跑”出去了，所以磷酸酐一定比磷轻，就没有在容器内部寻找少掉的那部分空气的去处——由此与这一科学史上的重大发现失之交臂。

与此同时，另一位英国化学家普里斯特利也对气体进行了研究。1771年他发现被蜡烛燃烧所“污染”的空气会使动物窒息，却有利于植物的生长，而被植物“净化”过的空气又能使蜡烛燃烧，他认为植物可以吸收容器内的燃素。1774年8月，普里斯特利用直径为30厘米的聚光镜对氧化汞加热，搜集到一种气体，它能使物体燃烧得更旺。他实际上也独立发现了氧气，可惜他也是个坚信燃素说的科学家——他称这种气体是“无燃素气体”，认为空气在本质上只有一种，包含燃素的多少就形成了同一种空气的不同表现形式。氧化汞所产生的气体是无燃素气体，所以它易于燃烧。燃烧一段时间以后，它吸饱了燃素，变成“燃素化气体”（即浊气），所以燃烧就停止了。他还发现动物所吸进的正是无燃素气体。他在实验报告中写道：“我把老鼠放在脱燃烧素的空气里，发现它们过得非常舒服后，我自己受了好奇心的驱使，又亲自加以试验……自从吸过这种气体以后，经过好多时候，身心一直觉得十分轻快舒畅。有谁能说这种气体将来不会变成时尚的奢侈品呢？不过现在只有两只老鼠和我才有享受呼吸这种气体的权利哩。”——普里斯特利与氧气擦肩而过的故事，被恩格斯善意地嘲讽为“真谛都碰上了他的鼻尖，却没有被发现”。

1774年10月，普里斯特利访问巴黎时，应邀拜会拉瓦锡；拉瓦锡举行宴会，欢迎客人。在餐桌上，客人向拉瓦锡讲述了自己两个月前有关氧气的新发现，并在拉瓦锡的盛情邀请下，把自己的实验从头至尾演示了一遍。与此同时，拉瓦锡还收到1774年9月瑞典科学家舍勒的来信。在信中，舍勒也向他透露了自己的新发现。这样，拉瓦锡在两位同行的启发下对氧气进行了一系列实验，才得以最终揭开燃烧之谜。应当说，普里斯特利和舍勒两人，是早于拉瓦锡发现氧气的科学家，而拉瓦锡的实验成功，确实有赖于两位同行的启迪。但是，后来拉瓦锡却矢口否认他曾收到舍勒的信函，并毫无愧色地声称：“氧气是普里斯特利和舍勒与我大约同时发现的。”

恩格斯曾经对化学史做过专门研究。在《资本论》第二卷《序言》中，他在充分肯定拉瓦锡发现氧气的功绩时，又公正而严肃地指出了拉瓦锡的错误：“……不是像拉瓦锡后来说的那样，他与其他两人（即普里斯特利和舍勒）同时和不依赖他们而析出了氧气。”在这里，恩格斯实际上从科学研究的伦理道德层面，对拉瓦锡不能实事求是地对待同行的劳动成果和贡献提出了批评。

后世在对普里斯特利和拉瓦锡进行评价时，一般认为前者是出色的实验家、后者是卓越的理论家——即普里斯特利发现了一种对拉瓦锡来说特别关键和重要的气体，而这种气体直接导致了拉瓦锡的燃烧理论的提出。换言之，普里斯特利在发现气体上特别擅长，拉瓦锡则创立了一种全新的定量的化学实验风格。在解释为何是拉瓦锡而不是别人取得了那样引人注目的化学成就时，传统观点往往认为拉瓦锡从一开始就出类拔萃、超出他的同行很多，而事实并非如此——从解密的私人档案来看，对科学创造而言，即便是天才，也需要经过长久的训练和持之以恒的奋斗，最终才能作出原创性的重大发现。

普里斯特利是一位精干的实验家，但理论概括能力较差。他自己也说过："我有慎重地全面地对待事实这个好习惯，但从中得出的结论，往往不是非常靠得住。"去世前一年他还出版《论燃素论的成就并驳水是化合物的观点》。难怪法国科学家居维叶感慨："普里斯特利是现代化学之父，但是他始终不承认自己的亲生女儿。"舍勒与普里斯特利制造了摧毁燃素说的武器，但他们却不会使用这件武器。而拉瓦锡则巧妙地接过了这件武器，并取得辉煌的战果。德国科学家李比希由此总结道："（拉瓦锡）没有发现过任何新的物体、新的性质和未知的自然现象，他的不朽的光荣在于：他给科学的机体注入了新的精神。"另一位科学家布兰迪则客观地评价："在科学方面，拉瓦锡虽然是一个伟大的建筑师，但他在采石场的劳动却是很少的；他的材料大都是别人整理而他则不劳而获的，他的技巧就表现在把它们编排和组织起来。"从某种意义上可以说，波义耳、布莱克、卡文迪许、普里斯特利和舍勒等人只是制出了一批砖瓦，而用这些砖瓦建成大厦的则是拉瓦锡。

平心而论，拉瓦锡之所以成功，并不是因为他比别人更勤奋，卡文迪许的刻苦是他所无法比拟的。卡文迪许终身未娶，性情孤僻，他一生的大部分时间都在实验室度过，对科学的热爱不可谓不专一，然而成功的并不是卡文迪许。拉瓦锡之所以成功，也不是因为他实验技巧高明，在这方面他远不如英国化学家布莱克。布莱克向又细又长的管内倾倒溶液时，既迅速又准确，令人赞叹不已。他去世时正在用餐，手拿一杯牛奶放在膝上，心脏已经停止了跳动，杯中的牛奶却一滴也未流出，可见他双手控制物体的能力是何等高超——然而成功的也不是布莱克。很显然，是传统的错误观点遏制了卡文迪许与布莱克的才华。由此可见，对科学家来说，勤奋、动手的能力都很重要，但更为重要的还要有一个善于科学思维的头脑。这是炼金术士与化学家的根本区别，也是私密科学向公开科学转变的必要条件。

笛卡尔的"懦弱"

法国哲学家勒内·笛卡尔（1596—1650）被誉为西方"现代哲学之父"。罗素在《西方哲学史》中用相当于两个霍布斯的篇幅表彰他在哲学领域的历史性贡献，但同时也对他的人格提出质疑。"笛卡尔乃是懦弱胆小之人。"——这位素以言辞犀利著称的哲学家断言——排除其中出于岛国褊狭心态所导致的嫉妒成分（正如牛顿控告莱布尼茨"剽窃"他的微积分方程），"懦弱"这一标签是否适用于"佩剑贵族"笛卡尔，倒不失为聚讼纷纭的哲学史上一个新鲜有趣的话题。

笛卡尔出生于名门望族，他的父亲是布列塔尼地方议会议员，家产可观。尽管他本人并非贵族之后，但当时流行的贵族派头他一样也不少，比如出门必配长剑，随行必有仆从——甚至在巴伐利亚从军之时亦是如此——跟他同时代的若干青年绅士一样，在有生之年能晋封为贵族是最高梦想——而在他的晚年，当他寄居于瑞典克里斯蒂娜女王宫廷并极有可能受封时，他又未敢明言，以此抱恨终天——或许这便是其性格懦弱之一端。

笛卡尔自幼体弱多病，家人一直担心他有早夭之虞，因此呵护有加，有时往往溺爱到无原则的地步。比如他在学校畏惧冬日严寒，不肯早起，家人就去说情，学校乃破例允许他在家自习——雄厚的家产和金钱的资助使他能够受到常人难以企及的良好教育（拉弗莱什耶稣会士学校在欧洲声誉卓著），而他本人在追求自己的兴趣之时也从未顾忌经济来源——由此遂养成终生沉思的习惯和任性孤僻的性格。此后，直到他成年闯荡天涯（远走荷兰、瑞典），此一病根终究未能痊愈，并最终成为致命杀手。可见权势之家的娇宠自古及今皆是有害无益。据说即使身在兵营，天寒地冻的时节他也畏惧起床——或者一下床就钻进他特制的火炉里——由此引发哲学史上那句有名的嘲讽：“苏格拉底惯常在雪地里终日沉思，但是笛卡尔的头脑只当他身暖时才起作用。”

笛卡尔一生之中两度投笔从戎，除了建功立业、耀祖光宗的贵族情结，很大程度上还可以视为一种意欲从麻木、倦怠之中逃脱的象征。毒舌罗素指控他“懦弱”，一个重要原因是他从未真正走上前线战场！即使在围攻胡格诺教派的拉罗谢尔要塞战役中，他也是作为旁观者和目击者，而非亲历者（他千里迢迢奔赴要塞，自称只是为顺从他内心的感召和信仰）。其实，交战双方（天主教徒与胡格诺派）为何而战对他来说并不重要，在战争中他感兴趣的也不是人类自相残杀、尸横遍野的场景，而是他们如何设计杀人武器——在后世的人道主义者眼中，这位唯理性主义哲学的代表人物简直太过冷血——就在多瑙河畔的诺伊堡（Neuburg）营地，笛卡尔在苦思冥想的梦境之中构造起两两垂直的直线所组成的坐标系，即笛卡尔坐标系——这一发现成为他日后哲学体系的萌芽。在离炮火纷飞的战场稍远的地方，他这样写到：“在我心中升起了美妙的理性之光。”——这一本划时代的巨著《方法谈》（或译《方法论》，1637）乃是用第一人称写成，可读性很强。书中呈现在读者面前的是一个活生生的人——笛卡尔自己——孤独地坐在战地行营的火炉旁，思索人类的未来与命运。这本薄薄的小册子总共不过 78 页，首印 3000 册，一开始笛卡尔还担心卖不出去，但事实证明，作为人类历史上最有影响的著作之一，此书广受欢迎——哲学界的朋友甚至惊呼这本书是“人类思想史上的分水岭，在它之前一切都是旧的，在它之后一切都是新的”。

当然，随着名气日益增大，麻烦也接踵而至（所谓“名满天下，谤亦随之”）。——令他始料不及的是，毁谤他的居然是他的同行师友。尽管笛卡尔本人自命为虔诚的天主教徒，尤其是 1623 年伽利略的地动说遭到教廷严谴和封杀之后，他更是诚惶诚恐，生怕有把柄落入敌手——但他的对手显然也并非等闲之辈。他们几乎毫不费力地从笛卡尔的哲学著作中发现了他的异端思想：这位信徒口口声声崇奉的上帝根本就不是奥古斯丁经院哲学体系中的上帝，而是他自造的人类完满理性的化身——其根本目的无非要借此一人造的理性摧毁上帝的信仰——其居心险恶如此，教会焉能不察？所幸的是，对这类哲学纷争，教会高层既不感兴趣，也无力裁决，于是干脆留中不发。然而这一指控对生性怯懦的笛卡尔却产生了毁灭性的影响。他首先想到的是避走荷兰（17 世纪唯一可享受宗教和政治思想自由的国家），潜心科研——在研习了自然这本大书之后，他开始转向对自我的思考；其次，此后很长时间，他都没有公开发表自己的作品——而是将他有违教廷敕令和《圣经》之道的科学新发现以密码形式写进一本秘密手记——其中部分内容直到近半个世纪后才由德国哲学家莱布尼茨破解。哈佛大学数学史系访问学者、数学家阿米尔·艾克塞尔在近著《笛卡儿的秘密手记》(2006)中揭示，从莱布尼茨至今长达两个半世纪的破译工作，确立了笛卡儿作为拓扑学创立者的形象；而20世纪的天文发现则证明，手记中所隐藏的秘密或许就是平行宇宙（parallel universes）的架构。但所有这一切相加，其分量都不及以下的这一惊天秘密：笛卡尔不仅像他的对手所攻击的那样蔑视教廷权威；更有甚者，他还是正统天主教（以及耶稣会）的死敌——蔷薇十字会（Rose of the Cross）——的隐秘会员。

蔷薇十字会是17世纪在德国创立的秘密会社（时至今日在全球范围影响巨大的共济会据说便导源于此），其标记是十字架上的蔷薇花。由于该组织内部纪律严明，壁垒森严，外人“莫名其妙”，于是关于它的传闻更平添若干神秘色彩。传说，最早的蔷薇十字会是由耶稣门徒马可于公元46年创立，他在罗马、埃及和中东地区四处奔走，成功说服亚历山大港一位诺斯替主义者皈依，而后将此一组织发扬光大。值得注意的是，十字会的教义不仅与犹太教、基督教和埃及神秘教有关，它与伊斯兰教也有千丝万缕的联系——而其中的纽带，便是会员中为数众多的炼金术士。

“炼金术”一词源于阿拉伯语，实际上乃是埃及人古已有之（在基督教时代之前）的一种将熔炼与萃取相结合的方术。到公元4世纪，它将希腊赫尔墨斯主义和东方魔法相融合，由此取得历史性进展。其理念乃是基于事物是活的并且会自发生长这一源自古老东方的哲学假设——借助一定的仪式，事物可以受到影响而转化至于更高的形式。因此，从某种意义上讲，炼金术并不仅仅致力于寻求哲学家的点金石（或称哲人石，philosopher's stone）——将金属变为黄金；在更深层次它是致力于寻求灵魂的净化，即获得神圣知识所需的意识可藉此转化而来。职此之由，时至 17 世纪，炼金术仍然被认为是科学探索的一种途径，在狄德罗等人编纂的《百科全书》中，法国启蒙思想家仍以相当赞赏的口吻对中世纪晚期的“先贤”加以描述，其中包括著名的炼金术士瑞士人帕拉赛尔苏斯（1493—1541）和日耳曼人克里斯蒂安・罗森克鲁兹（1378—1484），而后者正是蔷薇十字会的总导师。

罗森克鲁兹出生于图林根的贵族之家，举家遭灭门之后被迫流亡各地，他在这些地方学习了古老的神秘主义哲学思想并从中获得启迪。在十字会的典籍《化学联姻》（*The Chemical Wedding*）中，罗森克鲁兹创制出一个人造新娘和一个人造新郎，并通过炼金术使他们结婚、死亡，以至复活。罗森克鲁兹于 106 岁时去世，他被会友埋入坟墓并将十字会的秘密一同带了进去——这些秘密直到 1604 年在他的坟墓重新打开时才大白于天下。总体而言，蔷薇十字会实践的是炼金术，但仅仅局限于炼金术的精神层面，而非实验室的物质实践。但是他们开创了将精神目标与科学相结合的尝试。这一种介于宗教与科学之间的实践方式，显然受到当时科学巨匠如牛顿（物理学家、炼金术士）、开普勒（天文学家、占星术士）等人的影响。事实上，在 17 世纪初中期，蔷薇十字会声望是如此煊赫，以至于若干科学史家认定成立于 1660 年的世界上第一家科学研究组织——伦敦皇家学会——就是效仿蔷薇十字会的理念而建立，即致力于在哲学人士和知识群体中共享知识。当然，随着科学革命的兴起，科学与宗教渐行渐远，终至分道扬镳，炼金术也和巫术、占星术一样被打入冷宫。

迄今为止，蔷薇十字会的公开出版物只有一本名为《法玛》（1614）的小册子和一本传达其基本教义的《兄弟会训谕》。书中建议，全世界的学者应该联合起来，为建立一门综合科学而努力，将天启“兄弟会”发扬光大。历史学家深信此一主张明显受到赫尔墨斯主义和新柏拉图主义思想的启发——如新柏拉图主义者、英国诗人埃德蒙·斯宾塞在1590年出版的长诗《仙后》中，便曾提及一位受到天启的英国骑士，名为“红十字”；莎士比亚在他晚期戏剧的代表作《暴风雨》中对魔法、占星以及蔷薇等十字会“征信之物”亦有巧妙暗示与刻画。总而言之，蔷薇十字会的成员多为当时社会精英，其信奉神秘力量的异端思想及其诚信无私的行事方式（他们对穷人实施免费医疗），皆有意无意碰触到天主教会敏感的神经。在天主教长期占据统治地位的法国，一向以反宗教改革为己任的耶稣会更将其视为不共戴天的仇雠，必欲除之而后快。在这样的情势下，生性怯懦如笛卡尔，闻之焉能不跑？

避地荷兰的哲学家笛卡尔将科学研究的对象从外部转向自身，但研究的结果却令他大感震惊。有人形容他的后半生是“戴面具的哲学家”——他不得不将他的思想隐藏在奇怪而模糊的词义之中。他大胆地为哲学找到一种极端的新的证据，却又被它的极端性吓倒，被迫转回到旧思想和旧信仰的轨道——可能处于历史转折期的哲学家大多如此——尤其是对瞻前顾后、难以决断的笛卡尔而言。毋庸置疑，笛卡尔在数学和哲学这两个领域都作出了卓越贡献：他尝试将数学的精确方法运用到哲学中，使哲学像几何学一样确定和明晰，改变了因不确定性而造成的意见纷争。正如他本人所说，他在这方面的努力，就是为了给整个哲学体系寻找一个坚实的基础。他一直坚信：人们只有通过进入自己的心灵，用一种神秘的直觉，进行自我反思，才能真正体验到上帝的存在。在这里，笛卡尔明显借鉴了新柏拉图主义和奥古斯丁的心灵直觉——但诚如罗素所言，笛卡尔小心翼翼地躲避着神学上的谴责，发展起一个宇宙演化论，看似与柏拉图时代的观念并无不同，其实大相径庭：前者强调宇宙秩序和谐与定命，而后者的混沌宇宙则既无中心亦无边界，再也不是上帝为人类创造的宜居家园——由此不难看出，笛卡尔的物理学一旦公诸于世，必定会在相当范围内引发人生观与价值观的革命——这样人们也许就不难理解：为什么笛卡尔至死也不敢让经院哲学派的神学家知晓《第一哲学沉思集》与他的物理学有关；为什么罗马教廷让伽利略宣布放弃他的学说时，笛卡尔吓得几乎要烧掉压在箱底的《论世界》手稿；为什么他一辈子都在逃离天主教占绝对统治地位的祖国，并最终客死他乡。

1650年，为躲避反对派的攻讦，他接受瑞典女王克里斯蒂娜的邀请寄居她的王宫——代价是他必须改变自己的生活习惯。此前，他一般从中午才开始工作（罗素说他白天以闲暇示人，一定是半夜里用功——否则不可能作出如此巨大的成就），而精力旺盛、日理万机的女王只能在凌晨五点抽空与他探讨哲学问题。笛卡尔感慨地说，瑞典是个“熊的国家，处于岩石和冰块之间”，他打算离开，又顾虑重重。他很快染上风寒，并转成肺炎。他既不肯服药（担心宫廷的政治对手毒杀），又不肯接受当时流行的放血疗法，而是服用他自行调配的烈酒（他无端地相信烈酒可以逼出他体内的毒素），终于不治而亡。更为可怕的是，1663 年，他的著作在罗马和巴黎被列入梵蒂冈教皇颁布的禁书目录。直到 1740 年，教廷才宣布解除禁令。而他也如愿以偿获得教廷追封的“礼遇”。

毫无疑问，笛卡尔身上一直存在某种动摇不决的两面性：一面是他从同时代的科学中学来的东西，另一面是耶稣会学校传授给他的经院哲学。这种两面性让他时常陷入畏首畏尾的两难境地，此即为罗素所言之“懦弱”——凡人谁也无法逃脱自己的环境与时代。然而，这一种矛盾或懦弱反过来也恰恰成为他丰硕思想的来源，成为古今任何一位其他哲学家难以企及的一种优势。用罗素的结语：“自圆其说也许会让他仅仅成为一派新经院哲学的创始者，然而自相矛盾，倒把他造就成两个重要而背驰的哲学流派的源泉。”——历史的吊诡之处，大抵如此。

富兰克林的巴黎朋友圈

“一个老头，貂皮帽子下盖着满头银发，走在巴黎涂脂抹粉的脸庞之中。”美国第二任总统约翰·亚当斯在回忆录中不无讥讽地写道。他刻画的是昔日同僚本杰明·富兰克林：“这里的每个人，上至内阁部长下至旅馆招待，没有谁不知道这位博士先生——他的肖像随处可见，挂在壁炉架上，垂在表链下，刻在装饰盘、徽章、戒指上，印在外衣、帽子、鼻烟壶上……”更让亚当斯惊奇的是，富兰克林似乎具有某种魔力——各个年龄段的女人都喜欢簇拥这位身材矮胖且备受痛风折磨的七旬老头，希望赢得他的青睐。与此相反，当时美国国内大多数人对富兰克林出使法国却持否定态度。他们或指责富兰克林在外交上过于依附并有意迎合法国贵族；或批评富兰克林宗教信仰不够虔诚，难以抵制诱惑；个别政治对手甚至攻击他出使法国根本不是为了美国外交，而是为了两个孙儿的欧式教育和他本人在浪漫之都的纵情享乐。

同为驻法公使，行事严谨、心直口快的亚当斯与性情温和、睿智通达的富兰克林恰成对比。以学习法语为例：前者通过闭门苦读文法词汇，后者则通过与人交接对谈（由此达到运用纯熟的地步）。立身谨严的亚当斯虽身在巴黎，奉行的还是北美清教徒的价值观：视勤劳简朴、勉力工作为至高美德；富兰克林却入乡随俗，像法国上流人士一样崇尚闲暇，觥筹交错、言笑晏晏之间，就把军国大事给办了。对这样举重若轻的传奇人物，生性浪漫的法国人无法不为之倾倒——毫不夸张地说，在踏上法兰西国土的一刹那，他在颇具英雄情结的法国人心目中早已是“美洲的牛顿”，是发动和领导美国革命的盖世英雄——在1776年的法兰西，经由“百科全书派”狄德罗、伏尔泰、卢梭等人发起的思想启蒙运动的洗礼，理性、自由、民主、平等已成为法国社会广为接受的主流价值。“百科全书派”倡导拥有百科全书般知识结构的英雄人物，尤其推崇机械工艺方面的杰出人物。而富兰克林恰好就是这样一本活生生的百科全书。法国著名思想家杜尔阁将富兰克林誉为当代的普罗米修斯——他“从天空抓取雷电，从暴君夺回民权”——进一步激发了法兰西民众的好奇心。此后在长达近十年的时间里，富兰克林每日忙于接待应酬，足不出巴黎半步，由此构筑起脉络深广、实力强劲的朋友圈；他的外交生涯，也一扫此前伦敦之行的阴霾，步入其巅峰时代。

富兰克林于1776年出任美国驻法大使。在此之前，富兰克林的大名在法国可谓家喻户晓。他的《穷理查年鉴》是法国经久不衰的畅销书，他在电学方面的杰出成就连法国科学院院士也自愧弗如，他的民主自由学说跟法国启蒙思想如出一辙，在法国科学家和知识分子当中更是广受追捧。其实早在1743年，身为英国皇家学会会员的富兰克林便倡导成立美洲科学研究会，其成员包括布丰、林奈、孔多塞、拉瓦锡等多位法国科学家。富兰克林与他们书信往还，交流科研心得，分享科学发现，可谓神交已久。抵达巴黎之后，相对晤谈更是习以为常。1776年

3月，富兰克林下车伊始，便在他的帕西（Passy）寓所举办了一场新颖别致的哲学评论会，邀请法国科学院的朋友参加，上述名流纷纷应邀前往，堪称一时之盛。他本人曾多次造访科学院，并亲眼目睹化学家拉瓦锡演示氧气分离的实验。事实上，他还常常参加皇家医学学会的会议并于1777年当选该学会会员。他的老友化学家勒·罗伊是法王路易十六在拉米特（位于帕西的一座皇家城堡）的实验室负责人（国王本人也酷爱发明创造，尤其擅长木工机械），富兰克林时常去勒·罗伊家中或实验室进行拜访。此外，他还与荷兰科学家英根豪斯探讨莱顿瓶和伏特起电盘之间的差异；和发明家图戈特讨论如何对他十年前发明的耗烟炉进行改进；跟英国地质学家赫顿探讨地壳的成因：“在我看来，假如地球一直到地心都是固体的，这个球体的表层部分的如此变化大概就不会发生。”他推测，“所以，我想象地球的深层部分可能是一种比我们熟悉的任何一种流质更为浓稠、有着更大的特别比重的流质；因此可以在它里面游泳或浮在它的上面。因而，地球的表层是一层壳，可以被它覆在下面的流质的剧烈运动所打破或搅乱。”这样富于创见的科学推断，使得法国以及欧洲学术界对美洲大陆科学研究的水准不得不刮目相看。

与科学家之间的亲密接触不同，富兰克林在巴黎与人文知识分子的交往主要通过共济会俱乐部这一纽带。值得注意的是，法国的共济会和美国的共济会有所不同。在美国，共济会只具有社会性和地方性的意义，对政治的影响微乎其微，其功能犹如他在费城创办的共读社（Junto）。而在法国，它却带有自由思想、反对专制的鲜明特征，在法国知识分子和文人中间影响巨大。1779 年，富兰克林被推选为俱乐部“大师”（Master，或称尊主），更进一步拓展了他在巴黎的人脉资源。

富兰克林在巴黎较早结识的文人是戏剧家博马舍，他的剧作“费加罗三部曲”——《赛维勒的理发师》（1773）、《费加罗的婚礼》（1778）和《有罪的母亲》（1792）等在贵族和平民中同样深受欢迎。出于对自由的酷爱，他主动请缨要求加入富兰克林的谍报组织。虽然对博马舍的浮夸显摆素无好感，富兰克林还是成功地劝说这位名士一如既往地暗中支持美国独立革命事业。此后不久，经由朋友介绍，他还结识了贵族子弟拉法耶特。后者为报英军杀父之仇，自告奋勇远赴北美前线抗击英军。富兰克林向华盛顿写了举荐信，结果拉法耶特在独立战争中成长为经验老到的军事指挥官——拉法耶特将军，并在随后的法国大革命中发挥了关键作用。当然，与法国知识分子交往中最为人称道的还是富兰克林与伏尔泰的会面——被法国思想家孔多塞惊呼为新一代同老一辈的联合——“是梭伦和苏格拉底的会见”。此外，他与达朗贝、米拉波、拉罗什福科等文学家、政治家都有密切来往。

居留巴黎期间，事务繁忙的富兰克林，时常出入于非富即贵的朋友圈，对即将爆发的法国大革命及民生疾苦缺乏了解之同情。他对罗伯斯比尔的全部了解，仅限于后者只是阿尔图瓦郡阿拉斯城的一名年轻律师，并于 1783 年 10 月往帕西寄送过一份法庭答辩词，反对一项禁止在圣奥马尔教堂使用避雷针的法令。富兰克林所知晓的马拉，也只是一位并不知名的火的物理性质研究者。1779 年向法国科学院提交他的研究计划时，马拉曾寻求富兰克林的援手。富兰克林以他一贯的乐善好施给予了帮助——却未曾想到，这两个当时籍籍无名的小人物在后来的法国大革命风暴中，一变而为叱咤风云的革命领袖。

富兰克林朋友圈中最招物议的自然是为数众多的名媛贵妇。1779 年 10 月，他在给远在波士顿的亲友信中辩解说："你提到法国女士们对我的好意，我必须对此作出解释。这是一个世界上最友善的国家。你的第一批熟人竭力发现你喜欢什么，然后去告诉别人。如果你被认为喜欢吃羊肉，那么在你被请去吃饭之处都会有羊肉。看来是有什么人说了我喜欢女人这样的话，于是，人人都把他们的女眷介绍给我（或是女士们自己自我介绍）拥抱，这就是说，让我吻她们的脖子。因为亲吻嘴唇和面颊不是那里的通常作法，前者会被视为行为粗鲁，后者会把脂粉擦去。"尽管如此，这位自年轻时代起便为自己"难以抑制的激情冲动"颇为自责的老绅士也不得不坦承，"法国女子自有上千种其他方法来取悦于人：用她们变化多端的殷勤和友善，以及她们通情达理的交谈"——弄得他老人家心旌摇荡，欲罢不能。

在帕西的邻居中，和富兰克林交往颇为亲密的是布里伦夫人，一位财政部官员的妻子。那时她年纪不过三十出头，风情万种，满怀愁绪。老哲学家对她讲述的美洲印第安人的神奇故事，像奥赛罗对苔丝德蒙娜讲述的摩尔人的英雄传奇，使得这位少妇神思渺渺，如痴如醉，几乎一下子就爱上了善解人意的富兰克林博士，将其视若己父。在夏天，他们每星期两次互访，或在门廊下喝茶、下棋，或在室内听她或她女儿弹琴。等到布里伦夫人到巴黎过冬，他们就通过鸿雁传书倾诉衷肠。他们在书信里时常谈到在天堂里他们将重逢，并且永不再分开——当然不是作为父女。

富兰克林的女性交友圈显然不囿于帕西一地。事实上，他在巴黎的风流韵事影响更大。其中最吸引眼球的无过于他与美丽动人的爱尔维修夫人的交往——据说爱尔维修夫人与富兰克林突然公开的私情，一度令法国上流社会备感震惊。夫人是法国著名哲学家爱尔维修的遗孀，以每周二举行的哲学沙龙而闻名（此沙龙延续长达五十余年，女主人的风采可以想见）。富兰克林通过这一媒介，又相继结识了爱尔维修夫人沙龙朋友圈的名媛，如阿比·莫莱列特、阿比·德·拉·罗吉、乔治·卡班尼斯等等，并时相往来。

这就是生活在法国朋友中的富兰克林。性喜交友且待人宽厚的富兰克林似乎从来不缺少友谊，无论男女。眉来眼去、欲拒还迎本是法国名媛闯荡社会（社交）的基本功，洞察人性的老哲学家乐得顺水推舟：一点点风流，一点点慈爱；有时大胆地前进一步，然后谨慎地后退一步。虽然不免时常要冒险，但转瞬又会像朋友一样亲近——也许将这种感情称为红颜知己更为合适——尽管在很大意义上它已经超越了柏拉图式的爱情，而且不乏浪漫温情，但与真正的男欢女爱相较无疑还有一段距离，更不消说单纯的肉体放纵和享乐。很明显，他们之间的快乐实际上来自于男女双方有趣的幻想而非肉体的接触。这也是富兰克林和诸多年轻女性之间打情骂俏的共同之处：一些看似玩笑的小暧昧，由衷的相互赞美，举手投足充满亲密暗示，而且双方都是全身心投入。这样的友情，往往比热烈的情爱更为坚固，更为持久。他的朋友曾评价说，“富兰克林博士深知如何驾驭一个狡猾的人；但当博士和一位坦诚的人谈话或打交道时，没有人比他自己更坦诚了”。他用这一种态度对待男性友人，也以之对待女性朋友，因此到他任职期满离开巴黎之际，收获的便不只是单纯的友谊了。

“诚实是最好的策略。”富兰克林在《穷理查年鉴》里如此告诫世人。而他本人，即使身为外交官，也崇奉待人以诚之道。萨拉托加大捷后，富兰克林迅速开动他架设在帕西的印刷机，连夜将这一喜讯传播出去，激起法国社会的巨大反响，上层阶级中（包括他的若干朋友在内）主战的呼声高涨，普通民众也认为政府应支持北美独立革命。由此可见，富兰克林并不是紧紧依附法国权贵势力来促成外交谈判，而是善于在恰当的时机巧妙地利用公众舆论。这充分反映了富兰克林的外交智慧：他抱有远大的理想同时又带有圆滑的务实色彩，他在法国既保持美国人的特色，又迎合了法国人的浪漫。其实这也是他理性主义与功利主义完美结合的人格魅力之所在。

据统计，法国在战时对美国经济援助的金额高达2.4亿美元，此外，法国还通过对西班牙和荷兰施加影响，使得两国分别对美国提供了65万美元和180万美元的贷款。法国在经济和军事上对美国的大力援助，客观上加快了美国独立战争胜利的步伐，从某种意义上说甚至决定了美国独立战争的最终胜利。正如美国著名外交史家比米斯（S. F. Bemis）所说：“与法国结盟对美国的独立事业起着决定性的作用。”作为驻法全权代表、寓居巴黎长达十年的富兰克林堪称厥功至伟。

1785 年 7 月，离别的时刻来临。帕西失去了一位如同父亲一般的长者。当地人一直深信富兰克林是美国总统，而且是史上最好——没有之一。行前法王路易十六赠给他一帧国王本人的画像，像框上镶有 408 粒钻石，也是国王陛下对外国使节的最高礼遇。布里伦夫人赶至港口为他送行，“假如想到一个女人曾经如此痴迷地热爱着你会令你感到愉快，那么请不要忘记我”。夫人的感慨也是富兰克林巴黎朋友圈的共同心声：“在我有生之年，我将永远记得，曾经有一位伟大的智者是我的朋友。”

历史当然不会忘记——在听到美国政府发布的将由托马斯·杰斐逊取代富兰克林出任驻法大使的消息后，这位未来的第三任美国总统立即加以纠正，“我只是继任者。因为富兰克林无可取代”。

马克思与《纽约论坛报》始末

“1861 年 2 月对马克思来说特别难捱。”美国历史学家乔纳森·斯珀伯（Jonathan Sperber）在《卡尔·马克思：一个 19 世纪的人·引言》中说。儿子早夭，妻子燕妮险些死于天花，他本人饱受皮肤病折磨，是继续流亡伦敦还是返回故国，都令他头疼不已。更主要的是——当时他“丢掉了《纽约论坛报》（*New York Tribune*）欧洲通讯员的工作”——丢掉的不仅是他全家的主要生活来源，还有他极为看中的舆论宣传阵地。“我第一次见到他对此事如此上心。”燕妮在致恩格斯信中说，“他已经无法入睡。他一直想着这些事情，整晚整晚地不得休息。”

《纽约论坛报》究竟是怎样一份刊物？为何会对马克思的生活产生如此重大影响？这还得从马克思流亡伦敦说起。

一

《纽约论坛报》（又名《纽约每日论坛报》，以下简称《论坛报》）由霍勒斯·格里利（Horace Greeley）于 1841 年创办。格里利本人对当时美国社会两极分化的趋势深为忧惧，担心阶级矛盾会颠覆共和政体，因此《论坛报》在废奴、禁酒、平权等社会问题上所持的政治立场显得极为激进。

1847 年，欧洲革命前夕，格里利邀请前乌托邦公社“布鲁克农庄”成员查尔斯·达纳 (Charles Dana) 担任驻欧特派记者。

正是在德国科隆，经朋友介绍，达纳结识时任《新莱茵报》主笔的马克思，后者雄健的文风令他印象深刻。1851 年，达纳给流亡伦敦的马克思写信，希望马克思能考虑作为海外通讯员为《论坛报》撰文。马克思欣然同意，对每篇 1 英镑的价格也表示满意。由此开始了双方长达 10 年的合作。

平心而论，当时马克思其实并没有太多选择。《新莱茵报》遭查封后，他本人被驱逐出境，举家迁居至巴黎，后移居伦敦。而伦敦物价高昂，居大不易。燕妮早在迁居不久就当掉陪嫁的最后一串项链。达纳的邀请于马克思而言真可谓雪中送炭。虽然，马克思还是先给远在曼彻斯特的恩格斯写信，告知他这一喜讯。“这是北美流传最广的一份刊物。”他在信中说。但考虑到自己的英文不佳，他提议，能否请恩格斯在数日之内先撰写一篇关于德国革命的文章以“开个好头”，然后再由他本人转寄达纳。数日后，恩格斯交出《德国的革命与反革命》第一篇（其后共寄出 18 篇）。

署名为马克思的《德国的革命与反革命》系列文章大获成功。从 1852 年下半年起，马克思开始自行撰文。一开始，他对英文的把握还不够，需要友人威廉·皮珀帮助编辑；但一段学习后，他开始习惯用英文写作，不过他的文风永远都是德国式的。马克思有时赶稿很着急，以至于满纸都是潦草的笔迹。这种情况下，燕妮就会誊抄一份，通过跨洋快船寄到纽约。在 10 年时间里，马克思共有 487 篇文章获得稿酬，其中大多数都作为《论坛报》的头条文章出现。这里大约有 1/4 实际是由恩格斯代笔——当马克思的健康出现问题时，恩格斯就会出手。与军事相关的文章大多也由恩格斯操刀，据说这是“将军”（他的绰号）的特长。

虽然马克思开始时完全只写关于英格兰的文章，但到1853年，由于与俄国的关系变得紧张，马克思开始将视角转向东欧，而后是印度，甚至还有关于中英鸦片战争和太平天国的文章。他的大部分评论文章观点强硬，态度却异常冷静客观，其中不乏标志性的讽刺与挖苦。然而这可能也正是他的文风魅力之所在。撰写这些文章需要投入大量的精力。为了获得材料，马克思经常需要阅读主要的英、法、德、意、西文报刊，查阅英国议会各调查委员会的“蓝皮书”报告以及议会辩论的记录。马克思偶尔会做一些个人报道，但他在新闻工作中的角色更像是今天的专栏作家，而不像是记者。此外，他还尽力把大量文章与他“严肃的”研究连在一起，增加了文章的深度。例如，他关于印度的一些新闻文章就几乎原封不动地收入了《资本论》。通过《论坛报》，马克思还为他的作品找到了扩大影响力的平台。其中的部分文章，被美国当地一些德文报转载，另有一些则出现在左翼和反对派的英国报纸上，获得了相当多的读者。在总结马克思生平事迹的悼词中，恩格斯说在这期间（1852—1861），这类文章中涉及的题材比马克思一生中所有其他作品加在一起还要广阔，可以说恰如其分地强调了刊登在《论坛报》的新闻作品在学术领域和政治领域中的重要性。

二

长达10年的合作并非一帆风顺。其实在1861年格里利下达解雇令之前，双方的不愉快早已初现端倪，简直可以用积怨甚深来形容。

从马克思方面说，当初与《论坛报》的合作，与其说出于政治考量，不如说更多是由于经济原因。1852 年，由于德国革命系列文章取得轰动效应，达纳决定正式任命马克思为《论坛报》驻伦敦特约通讯员，年薪 200 英镑。考虑到当时的生活成本和购买力水平，不得不说这是相当惊人的数字。但由于家庭负担过重以及马克思本人消费习惯等原因，经济问题依然令这位经济学家深受困扰。1854 年，燕妮为此给《论坛报》编辑写信，希望他们给马克思（驻伦敦记者）免费提供一套住房。请求未获批准。此事给双方日后的合作蒙上了一层阴影。

此外，还有文章署名的问题。比如《论坛报》上关于东方问题的社论，马克思撰写此类文章时，没有添加通常的时事新闻，而达纳则插手将某些较为详尽的历史回顾以《论坛报》常见的口吻加以“改写”，并将改头换面的文章以“社论”形式发表。马克思不能失去《论坛报》这样一个收入来源，所以他对此假装视而不见，但内心深处，对于他较有份量的著作不以他的名字发表，以及以他名字发表的文章又只剩下一些糟粕等“卑劣行径”，无疑大为不满。

格里利的办刊宗旨，要求撰稿人服从并服务于大局。这对一般人，当然不成问题，但对于马克思这样个性强烈之人，则双方的碰撞势所难免。比如他认定，达纳刊登西蒙的文章“是愚蠢的”——对此他甚至不惜以中止供稿相威胁。结论是，“达纳十分庸俗”。他不知道的是，正是这位“庸俗”的达纳，在1857 年经济危机来临时，每次审稿都高抬贵手——尽量不毙他的稿子，并为他介绍每页 2 美元的《美国新百科全书》词条撰写工作，以确保他的收入。

当然，对《论坛报》最大的不满，还在于格里利政治保守的姿态日益明显：他不遗余力地鼓吹阶级调和（harmony）而非马克思中意的阶级斗争（struggle），明显丧失革命理想和锐气。格里利不过是个“坐在扶手椅里的白头翁”，马克思如此讥讽他的雇主，全然没有料到后者对他的忍耐也已到达极限。

从《论坛报》方面看，马克思根本算不上一名合格的职业撰稿人：因为他总不能按时交稿。影响交稿的因素很多：庞大的经济学研究计划（《资本论》），病痛的折磨，家庭经济的压力，等等，尤其是后者——马克思曾解释延迟交稿的原因——“给达纳的文章我没有写，因为我连读报用的便士也没有一个。”这样的困境，显然是远在纽约的中产阶级编辑所始料不及的。还有，马克思长期的习惯是一直熬夜，到次日中午才睡觉。他会日以继夜地写作，以致搞垮身体，这样就不得不停笔休息一阵。而他的工作也总会被突如其来的想法打断：马克思兴趣爱好极其广泛，一种学究式的气质使得他宁愿徜徉在卷帙繁复的典籍中沉思，而不愿移步到书桌旁奋笔疾书。此外，就写作计划而言，比他的生活习惯更糟糕的是他对完美的坚持，要追根问底地搜罗最后一条资料，并对此前拟定的稿子反复进行校订和改写。若干年后，对重度拖延症患者马克思极其失望的恩格斯告诉他：“我会很乐意烧掉那些关于俄国农业状况的书籍，就是这些东西，让你好几年来写不完《资本论》！”——在恩格斯看来，缓慢稳健并非取胜的唯一方法，在大限（deadline）来临之前突然发力也能提升“产能”，尤其是对马克思这样的职业专栏作家而言。可惜马克思依然我行我素。

的确，马克思给《论坛报》撰稿，不单单是出于经济考虑，他更要借助这一平台传播自己的学说。很长时间里，他对美国这一成熟的资本主义国家将率先爆发革命这一论断深信不疑。到 1857 年，期待已久的危机终于爆发，不景气的经济态势如病毒一般扩散，让马克思喜出望外——他的朋友李卜克内西曾说，在伦敦的朋友和同事中间，马克思对经济危机的不停期盼业已成为一个经久不衰的笑话——他完全没有意识到革命来临意味着他将失去《论坛报》这一主要经济来源，而重新变得一贫如洗。

1861 年初，改组后的《论坛报》新编辑部摒弃了之前激进的废奴立场，转而支持南北双方达成和平以避免内战，并赞同美国南部各州继续维持奴隶制度，马克思对此非常愤慨。而《论坛报》则无视他的抗议和冷嘲热讽，因为办刊宗旨不会因个别撰稿人而改变——双方都明白，道不同不相为谋，分手只是早晚之事。

1861 年 2 月，格里利下令让达纳解雇马克思。1862 年 3 月，达纳写信给马克思说美国内战已经占据了报纸的所有篇幅，让他不要再寄送文章。至此，双方的合作正式宣告结束。

三

“经常给报纸写乱七八糟的东西已经使我厌烦。这占去我许多时间，分散注意力，而到头来一事无成。不管你怎样力求不受限制，总还是被报纸及其读者捆住了手脚，特别是像我这样需要拿现金的人。纯粹的科学工作完全是另外一回事……”马克思抱怨的“现金”问题在他失去《论坛报》职位的 1861 年几乎恶化到极点——最后仍是由恩格斯慷慨相助：他从继承的家族财产中拿出相当一部分转赠马克思，每年 350 英镑。“真是被你的慷慨大方吓了个跟头。”马克思由衷地感慨。至此，困扰这位经济学家大半生的经济问题总算解决，他可以潜心于科学（Wissenschaft）研究和著述了。

作为 19 世纪的知识分子，极富个性的马克思并未像其他一些左翼领袖一样，通过在政党中谋得职位以获得稳定可靠的收入；或者通过寻求公众支持发起募捐——以马克思的名望，这些都不成问题，其收入也远胜过吃力不讨好的专栏作家——但他的自尊和骄傲却不允许他做出这样的抉择（他一直拒绝在国际工人协会担任领导职务，更不要说什么拿钱干活）。至于经商——据说他本人曾有过这个念头——不过由于志趣相违还没真正开始就被打消掉了。所以，接受达纳邀请给《论坛报》投稿，当一名自由撰稿人，也几乎是当时条件下唯一可能的选择。所谓历史的选择，大抵如此。

本雅明在《发达资本主义时代的抒情诗人》中曾说，资本主义化一方面把文人从对贵族的依附中解放出来，一方面也是一个不断把诗人抛向市场的过程。艺术被迫变成商品，文人前所未有地依赖于市场，但同时具有清醒地自我意识且不愿随波逐流的文人便感受到巨大痛苦。精通古典文学的马克思从本质上说仍是个文人：既不甘心为资产阶级所驯服，事实上又无处可逃。马克思深知一直以来，他的经济来源主要依靠恩格斯（家族）的生意收入，尽管他对此非常不情愿。1865 年 7 月他告诉恩格斯："我向你保证，我宁愿把手指切掉也不愿给你写这封信（要钱）。过了半辈子还要靠别人生活真是压抑。"但相对于依附资产阶级以摆脱哲学（家）的贫困，或通过组建政党分肥渔利，他倒宁愿像产业工业那样依靠"出卖"自己的劳动来谋生。像本雅明笔下的波德莱尔一样，马克思认为一般人眼中巴黎或伦敦街头的"闲荡者"并非游手好闲之徒，而是特立独行的思想者，是任何时代都稀缺的真正的天才。斯珀伯在书名中以副标题将卡尔·马克思定义为"19 世纪的人"，可以说准确把握了传主的精神气质。

经过长达 10 余年的努力，马克思的革命学说终究未能在美国取得他所期盼的成果，相反，在经济上远比美国落后、情感上一向令他憎恶的俄国，他的学说通过党内政治家及理论家的阐释，却大受欢迎并获得尊崇的地位，如此殊荣，肯定也是终身困厄的马克思所始料不及的。与对俄国的态度不同，终其一生，马克思对美国都抱有浓厚兴趣，除了早年打算旅居纽约，实地考察那里的政治经济状况，直到晚年，依然不顾大部分成员反对，坚持将共产国际通讯总部迁往纽约。难以想象，如果马克思当年的避居地不是英国伦敦，而是美国纽约，他的《资本论》，以及 20 世纪相当长一段时间的人类历史，会不会因此而改写？但一向由"狡黠的理性"推动的人类历史，显然不容许这样的假设。

折服老亨利·詹姆斯的女性

19 世纪中期的波士顿，照小说家亨利·詹姆斯的说法，是美国社会革新思想的温床。超验主义、废奴运动、教育改革以及女权运动，各种新旧思想在这里激烈碰撞，而大规模的社会改造计划也由此展开。美国著名女权运动先驱卡洛琳·希莱·达尔夫人的日记《波士顿的女儿》(*Daughter of Boston*）便是这一时代的缩影。

达尔夫人 1822 年出生于波士顿富商之家。身为商业银行总裁的父亲早年没有受过正规教育，一直引以为憾，于是将希望全部寄托在女儿身上。达尔夫人天资聪颖，很早就掌握了包括拉丁文在内的 4 种语言，13 岁开始在当地宗教刊物上发表文章，并开始小说创作。但这一切都远不能令父亲满意。到 15 岁时，她的正规教育被迫终止。由于母亲的精神状况不太稳定，父爱乃是她人生中最大的渴望和精神支柱，但父亲过高的期盼和严苛的要求又时常将她的梦想击得粉碎。作为自强自立的女性，这种与父亲矛盾冲突的痛苦几乎伴随了她一生。

正规学业的终止对达尔夫人而言并不意味着学习生涯的结束。恰恰相反，受到爱默生“自我教化”学说的影响，从狭小的书屋走到广阔的社会中来，她感到自己的人生刚刚开始。除了从爱默生、奥尔科特、西奥多·帕克等人的演讲中汲取精华，她自己也一直坚持阅读、写作和翻译，此外，她还积极参加当地学园（lyceum）和文化艺术团体举办的各类活动。这一切，都为她日后的事业打下了基础。

和超验主义代表人物的交往是达尔夫人终身的财富。最初，她奉父亲之命去聆听爱默生讲演，对演讲主持人皮博迪小姐的睿智和热情印象深刻。皮博迪看了她的日记，提出了改进意见，并指导她如何通过阅读来丰富自己的思想。更重要的是，皮博迪小姐还以一贯的热情介绍她进入“超验主义俱乐部”，劝说她参加富勒举办的“谈话”（Conversation）讲座。

超验主义者们在年轻的达尔夫人眼中个个都出类拔萃：爱默生的乐观自信，奥尔科特的执着理想，以及帕克关于教会改革的激进思想，无不令她陶醉不已。富勒言辞犀利，英姿勃发，更成为她崇拜和仿效的偶像。“我怕一辈子也不可能取得像富勒小姐那样的成就。”——1841年，她在日记中表露了对未来的担忧。而事实上，通过她自己毕生不懈的努力，她最终达到——甚至部分超过了富勒在《十九世纪妇女》中所取得的成就。

19岁时的一场恋爱是她人生中的第一次打击。“美国文物协会”的地方领导人黑文是一个35岁的鳏夫，学识渊博，谈吐风趣，两人很快坠入爱河。但得知她父亲破产的消息后，黑文退缩了。伤心愤懑之下，她很快与另一位唯一神教派青年牧师查尔斯·达尔订婚。这一草率的决定遭到父亲的强烈反对，也给她本人带来了终身难以消除的伤痛。

1844年，她与查尔斯成婚。次年，查尔斯身体状况欠佳，她开始代替丈夫在巴尔的摩讲道。19世纪50年代至60年代，她以讲道者的身份，在马萨诸塞和威斯康星讲道，成为该教派中最早登上讲坛的女性之一。1855年，查尔斯离开她和两个孩子，去印度传教，在此后的30多年时间里，他大约每隔5年回家一次。在很大程度上，这也给达尔夫人提供了按照自己意愿行事的机会——她积极参与反奴隶制、女权和其他改革活动，与数百名各领域的杰出人物保持联系。早在1851年，她就请求哈佛校务监管委员会允许女性参加其医学讲座。1858年，她在马萨诸塞州议会代表女性参政发言。她还就妇女问题发表公开演讲，帮助编辑妇女权利杂志《尤纳》（Una）。当时，另外两位女权运动先驱苏珊·B.安东尼（Susan B. Anthony）和伊丽莎白·卡迪·斯坦顿（Elizabeth Cady Stanton）都集中精力于争取妇女选举权，而达尔夫人则意识到，在市场、法律和教育等诸多领域都存在着同样重要的斗争。1878年，达尔夫人离开新英格兰，在华盛顿特区度过余生。在那里，她继续参与各种文学活动和改革活动；她活跃于美国社会科学协会，并致力于监狱和精神病院的改革。从十几岁开始一直到去世，在长达70余年的时间里，达尔夫人坚持每天写日记，评论当代文化的方方面面，为后世留下了宝贵的精神财富。

根据日记披露，由于查尔斯婚后精神疾病时有发作，状态极不稳定。达尔夫人跟随他辗转于马萨诸塞及附近地区，甚至远走加拿大多伦多，以期获得一块安身之地。但她的这一愿望似乎从未能实现。在颠沛流离的生活状态下，怀孕、流产、生子、夭折，像当时绝大部分中下层妇女一样，达尔夫人很难逃脱这梦魇般的厄运，只能寄希望于丈夫的“自我节制”。正如一位朋友向她宣讲的，一旦拒绝丈夫的“合理”要求，可能逼迫他们走上邪路——日后达尔夫人在演讲中猛烈抨击波士顿等大都会中盛行的妇女卖淫现象，尤其反感妇女自我牺牲以维系家庭稳定等论调，显然也是她思想的真实反映。19 世纪 50 年代以后，她的父亲摆脱危机，重振家业，但她本人的境况并未有所好转，因为父亲提出了苛刻的要求：一是要求她离开查尔斯，带着一双儿女返回波士顿家中居住；一是彻底和废奴主义者划清界限。

废奴运动自 19 世纪 30 年代起成为社会知识阶层的共识，到南北战争之前，有识之士纷纷主张国会立法，效仿英国，在整个美国永久废除黑奴。但在波士顿这样富商云集的都会，由于切身利益的缘故，仍有不少像她父亲这样的富人反对废奴。在父亲的高压之下，达尔夫人不仅没有屈服，反而以更加饱满的热情投入到这一运动当中去：同情并主张废奴的爱默生和奥尔科特及其家人成了她的座中常客；她与废奴主义激进人士帕克保持密切交往；同时与废奴运动领袖道格拉斯也有通信联系；甚至还收留过一名逃难的黑奴。她自己觉得是凭借个人良心和上帝的仁慈行事，尽管深知这会激怒包括她父亲在内的保守人士，她也毫不畏惧。

战争期间，虽然拒绝了年仅 17 岁的儿子走上前线的请求，她本人却为出征士兵日夜缝制衣服，将废奴的主张直接转化为行动。战争结束后，达尔夫人除了应邀为报刊撰稿，还将更多的时间与精力投身到妇女运动当中。作为“新英格兰妇女俱乐部”的发起人和领导者之一，她和同伴们组织演讲、举办刊物、发表文章，从妇女教育到职业及婚姻、生育，几乎涵盖妇女生活的各个方面。达尔夫人的演讲不仅富于学识文采，而且思想犀利，感染力强，受到听众的热烈欢迎——爱默生的女儿伊迪斯一直视之为偶像。

令她更为振奋的是，赞誉还来自她以前的导师皮博迪小姐："我喜欢听她谈论，看她微笑……学识深邃……既不乏青春朝气，又有成熟阅历和直率坦诚——我从未见到任何人的个性如此完美。"亨利·詹姆斯一家在聆听她的谈话后，老亨利·詹姆斯（小说家亨利和哲学家威廉之父）成为她的崇拜者，并且断定，当时其他女性的才智跟她相比，无异于"婴儿"。她的才情甚至折服了当时的美国第一夫人弗朗西斯·克利夫兰，并成为了她的密友。

然而，在获得名声和事业成功的同时，达尔夫人的直言不讳和率性而为也使她得罪了不少人，以致这位生于斯长于斯的"波士顿的女儿"——这座城市本应为她而自豪——在她父母去世后，最终被迫离开波士顿，迁居华盛顿。

达尔夫人对皮博迪小姐一直非常尊敬，视其为精神导师，她后来也追随皮博迪小姐的步伐，不仅成为演讲家、自由职业者，也是成功的出版商。很早时候皮博迪小姐就告诫她注意社交场合的禁忌：她本人曾因奥尔科特先生在《与儿童谈福音书》中执意加入关于生育与性等话题而与之决裂。但达尔夫人对皮博迪小姐的告诫置若罔闻，相反，却在演讲中大谈卖淫现象和妇女的性生活，甚至公然主张"自由恋爱"。对此，皮博迪小姐表示非常失望。她与皮博迪小姐的决裂还因为她在演讲中公开抨击霍勒斯·曼在安提阿学院拒绝女生入学的错误行为。曼被誉为“美国公立学校之父”，也是皮博迪的姻亲。皮博迪听到演讲后，给达尔夫人写信要求她道歉。后者却坚持己见，认为“过于热情使得她（皮博迪）无法做出有价值的评判”。

同样因为直言不讳，达尔夫人还得罪了奥尔科特一家。在早年的教育改革事业失败以后，奥尔科特靠爱默生等友人的接济勉强维系生活，直到女儿路易莎·梅·奥尔科特的小说《小妇人》一举成功。路易莎·梅·奥尔科特的第一部小说《情感》（*Mood*）完稿后请达尔夫人审读。读完书稿后，她认为书中虽然个别章节不尽如人意，但总体不错，也欣然推荐出版。但紧接着，她在报上发表的评论却激怒了女作家的父亲奥尔科特，认为她是恶意中伤。面对指责，达尔夫人不肯退让，坚信自己不过是表达了内心的想法——这也是她鲜明个性的真实写照。

在演讲中，除了富勒，她还将英国18世纪女作家玛丽·沃斯通克拉夫特树为女性生活的楷模，这令宗教保守派人士大为不满。他们质问她是否提倡玛丽的性道德观，甚至暗示她本人在丈夫达尔牧师患病及离家出走期间也有品行不端的行为，何况她演讲时穿的裙子又是那么短！达尔夫人被迫出示了钱宁博士的一通书信，证明她对玛丽的看法完全合乎道德规范。同时又出示查尔斯的书信证明他们的夫妻关系一切正常，而她本人并没有像他们指责的那样倡导“性自由”。

当然对达尔夫人而言，更大的伤害还来自阵营内部。与当时较为激进的女权主义者对待婚姻家庭的态度不同，作为正统的教会人士，达尔夫人始终坚信婚姻的神圣性。正如她在批评路易莎·梅·奥尔科特的小说《情感》时所说，“婚姻必然是不完满的”，但无论男女总要勇于承担上帝所赋予的职责，而不必像小说中的女孩子那样声称无力去爱，而陷入两难的困境。无论如何，“女性理应发挥自己的作用而使得家庭幸福”。这种对于家庭的传统观念，对于视家庭为樊笼、视婚姻为枷锁的女权主义者而言，无疑是一副毒药，会毒害她们所从事的将妇女从婚姻家庭中解放出来、取得与男子同等权利的伟大事业。1868年，他们合谋将达尔夫人开除出俱乐部。

接下来的十年，达尔夫人将注意力转向“美国社会科学协会”。作为协会的创始人，她参与制定了协会章程，并长期担任执行官员。同时，她还以记者和自由职业人的身份大量发表文章，呼吁提高女性地位，实现真正的男女平等。1895年，在她73岁高龄时，她还发表了“新英格兰超验主义”的演讲。在此次演讲中，她没有像听众期盼的那样，回忆一些年轻时期与超验主义代表人物交往的趣闻轶事，相反，却从女性的视角重新诠释了这一场运动，认为它始于一位女性（安妮·哈钦森）而终于另一位女性（玛格丽特·富勒）——或许还应加上皮博迪小姐、里普利夫人和她本人。事实上，包括超验主义在内的任何一种社会学说或改造计划，离开这些杰出女性的参与和支持，都是不可想象的。从这个意义上说，她们都是当之无愧的“波士顿的女儿”。

达尔夫人早年在日记中曾经设想：假如是个男性，她就可以上哈佛，进神学院，毕业后可以当牧师或做教授——但也许与她日后的生活并没有什么两样。作为女性，她实现了自己的生活理想，取得了事业成功，只是经历了更多的生活磨炼，付出了更为惨痛的代价。这一本日记所记载的，就是一位自强不息的女性克服困难走向成熟的过程。

达尔夫人于1912年病逝，被后人尊奉为19世纪妇女的“标志性”人物。

君子也言利

“自从麦克白遇见女巫三姐妹以来，”卡莱尔的传记作者说，“卡莱尔和爱默生在苏格兰高地的会面即使不是最值得纪念的事情，也是一个不寻常的聚会。”——1833 年 8 月 26 日，爱默生来到小镇埃克尔菲亨（Ecclefechan）托马斯·卡莱尔家中，此地距离邓弗里斯郡（Dumfriesshire）六英里，“位于长满石楠的荒凉山间”。

这是两个精神气质迥异的文学家。爱默生乐观开朗，交游广泛，信奉民主与共和原则。卡莱尔性格阴郁，愤世嫉俗，对生活抱悲观态度（像梭罗一样生活在一种“平静的绝望”之中），他相信强有力的君主或英雄的统治是最好的统治。

这是一次奇特的会面。几乎没有任何客套，两人开始了彻夜的倾心长谈，到第二天临别时已感到非常难受，依依不舍。卡莱尔夫人简（Jane）在给友人的书信中这样写道：“我永远不会忘记，几年前当我们置身荒野时，那位来访者突然出现在我们面前，犹如天使降临人间，他让那一天成为最迷人的日子，让我为那短暂一日的转瞬即逝黯然垂泪。”爱默生回国后立即开始给卡莱尔写信。双方的通信历时 40 年之久。1883 年，哈佛大学著名学者查尔斯·E. 诺顿（Charles E. Norton）编辑出版《卡莱尔、爱默生通信集》（第一卷）（*The Correspondence of Thomas Carlyle and Ralph Waldo Emerson*），不仅保留并还原了历史，也为后人的进一步研究打下了基础。

本文的着眼点，是《通信集》中若干关于图书印刷及出版交易的记载，因为这不仅可以反映当时文学出版界的状况以及文人的生活境遇，同时也可以从一个侧面反映出两位朋友之间的经济关系和深厚情谊。几乎从商谈卡莱尔著作在北美出版事宜开始，卡莱尔就声称，“内心感到愧疚”，因为每次谈完生意后，才“可以讨论比美元英镑更好的话题”。但奇怪的是，这一话题（或许是金钱本身）似乎具有某种天然的魔力，支持他们的通信一直延续下去，甚至在相当长的时间里成为双方共同关注的一个主导性话题。“财富是万恶之源”仅仅是爱默生的朋友梭罗的看法。至于爱默生与卡莱尔，他们在这一问题上显然有自己独到的见解。

爱默生出生于七代牧师世家。清教徒对金钱的情感较为复杂。一方面他们相信金钱是灵魂的腐化剂，过分的贪欲往往败坏个人的道德。可另一方面，他们也认为拥有一定钱财正可以说明“上帝的荣耀”，是个人“蒙恩”的见证。爱默生的父亲去世很早，母亲靠收租养家糊口，因此他自小养成了勤俭持家的习惯（他从未享受过骑马跳舞之类的娱乐）。有一次他丢了买鞋的钱，母亲逼令他到对面的白杨树林的落叶下面去寻找丢失的一美元纸币。他进入哈佛学院，成为“校长的新生”——通过在学院打杂减免部分学费和假期兼课，才得以完成学业。由于生性羞怯，他的传记作家拉斯克（Ralph L. Rusk）将他称作“不情愿的乡村教员”；他自己也坦承教书唯一的慰藉，是可以获得一定报酬，贴补家用。

1829年，爱默生被聘为波士顿第二教堂的牧师。同年9月，与当时富商女爱伦·塔克结婚。两年后爱伦去世。塔克家族却不愿看到爱默生继承爱伦的那一份遗产。他被迫提起诉讼并最终获胜。至此他的经济状况才有了根本性的改观：每年固定1200美元的收入不仅保证他本人衣食无忧，甚至还有余力去接济奥尔科特、梭罗这样贫困的朋友。

与爱默生相比，卡莱尔的经济状况要糟糕得多。这位在爱丁堡大学获得学士学位的青年本来满可以成为一名数学家，不幸的是他选择了“弃理从文”。1831年，他雄心勃勃地携带自己的文稿来到伦敦，并邂逅文艺青年简。结婚以后二人无处安身，恰逢简的父亲去世，在苏格兰乡村留下一座小小的农场。夫妇二人在农场安顿下来：男人埋头写作，女人操持家务，大有“贫贱夫妇百事哀”的况味——简是体质柔弱的多病身，卡莱尔则是怀才不遇的伤心人——直到爱默生的出现。

在与爱默生会面之前，卡莱尔几乎没有与书商打交道的成功经验，有的只是屈辱和失败。当年携带《旧衣新裁》（*Sartor Resartus*）一稿只身前往伦敦时，他悲哀地发现自己被朗文、莫雷这样的大出版商拒之门外。唯一愿意出版他作品的是一份名不见经传的小刊物《弗雷泽杂志》。小册子出版后自然没什么反响。1833年到1834年，不灰心的作者将文稿又一次扩充改写，由杂志连载发行，仍是反响平平。此时卡莱尔虽然笔耕不辍，但内心已陷入了深深的孤独绝望之中。

爱默生看中了这本小册子，或者说看中了它在北美的市场，并自告奋勇担当经纪人。或许是英国作家凄惨的处境引发了爱默生一贯的同情心，或许是书中对现实的鞭挞与嘲讽唤起了他的共鸣。他坚信该书对美国人具有普遍的教育意义："我们何其幸运，又有一个人来审视我们陈腐的社会形态，我们的政治，学校和宗教。"小册子在爱默生的朋友及朋友的朋友中广泛流传。它提高了作者卡莱尔的知名度，为他日后的著作如《法国大革命》在北美的出版奠定了基础。

1837 年，爱默生专门赶往波士顿，联系《法国大革命》出版事宜。这本书计划印 1000 册，估计每本成本 1.18 美元，定价则为 2.50 美元。书商按此售价的 20% 提取佣金即 50 美分。如此一来 1.6 美元左右的成本足以保证作者卡莱尔可以获得每本 74 美分的收益。这还只是零售，另外的两百名订户由于不需运费，他们每买一本作者能得 1.26 美元。——因此，爱默生乐观地估算，等到 6 个月后书商结清费用时，卡莱尔至少可以获得 700 美元。

卡莱尔到手的第一笔款项是 50 英镑，照当时的汇率 1∶4.8，再扣除汇兑的费用，折合 242.22 美元。这一笔钱让卡莱尔简直欣喜若狂，大呼"真正的朋友万岁，爱默生万岁！"从此之后，汇款源源不断由美国寄来。

《卡莱尔随笔集》的命运也与此相似。印刷成本每本 89 美分，装订成册 1.15 美元，除掉书商佣金 35 美分，定价 2.50 美元的书每卖出一本，则作者可获利 1 美元。

在爱默生的影响下，卡莱尔也尝试与伦敦的书商进行谈判，结果却发现与美国 15%—20% 的佣金相比，几乎贵了一倍多，高达 40%！当然这里书的定价也高得惊人：四卷本的《法国大革命》定价两个几尼（一几尼约等于 1.05 英镑）。经过多方洽谈，他终于选定了出版商，开始从英国本土获取巨大的版权收益。这些收入不仅解脱了他本人的经济危机，也使得他的夫人简可以长期外出疗养。到了 1845 年《克伦威尔生平与书信集》及 1858 至 1865 年《弗雷德里克大帝》出版时，卡莱尔简直成了经验老到的谈判家，令伦敦的书商与出版家啧啧称奇。

每隔一段时间，除了汇票，爱默生还会寄上一份账单让卡莱尔检查。这让后者苦闷不已，因为爱默生为他做的这一切都是免费的“义务劳动”。出于回报，卡莱尔联系伦敦的书商，开始筹措《爱默生随笔集》的出版事宜。当他将第一笔版税由英国寄往美国时，他终于可以说：谢天谢地，现在我总算也能替朋友尽一份力了。

他的好意爱默生是心领的，虽然单纯从经济上来说，他并不需要卡莱尔帮忙。他曾经花费 2500 美元购买邻人的房屋及附近两英亩土地。1845 年又购入瓦尔登湖畔 40 多英亩林地。此外他还拥有 22000 美元的银行资产，年息收入 6%。演讲的收入每年至少 800 美元。而他本人又“从来不会随便花一美元”。作为当地的有钱人，他最大的乐趣就是招待四面八方的朋友——这也是他邀请卡莱尔访问康科德的原因。

最早的邀请 1834 年就发出。考虑到卡莱尔当时的拮据状况，他替后者作了精心的安排：在 1200 人的演讲厅，假设听众 900 名，每人门票 3 美元，收入可达 2700 美元。扣除场地、照明、工作人员费用 12 美元，即使再算上其他费用，收入也相当可观。而当时纽约最好的旅馆费用一天不过 1.5 美元，从利物浦到纽约的国际船票票价 150 美元——可见访问美国绝对是解脱经济困境的明智之举。

当然，由于简的身体状况不容许她跨洋过海，卡莱尔未能赶赴康科德之约。但他确实受爱默生的启发，开启了在英国的巡回演讲。有时一场演讲收入多达200英镑。同时他也逐渐克服了自闭的恐惧，开始与周围文学人士及社会名流交往。经济状况的改善在很大程度上也促进了他的思考和写作。

除了土地的收益，爱默生还尝试了其他方式的投资，比如将个人财产的一大部分投入到波士顿银行。当他听说卡莱尔投资购买了南方股票时，不禁“颇感悲哀”。因为在新英格兰，人们都知道所有南方和西南的债券都毫无希望兑现。在公开发行的股票中，他强力推荐马萨诸塞，因为它的信誉最好。至于卡莱尔已经购买的伊利诺伊股票，他个人的看法是最好保留，尽管对它的前景不能有太高期望。

在1833年11月11日的日记中，爱默生曾表达过自己对金钱的理解。“别遮遮掩掩，空谈，神秘化，我们亲爱的庄重的奥尔科特说，你给我挖一天地，挖完我给你一美元，这不应当是一桩买卖！这使我不舒服。货币被我们实际上接受为衡量一切物质价值最方便的尺度的同时，别让我们矫揉造作地废弃这个名称，使我们自己和别人神秘化；别让我们说‘不，同时又接受它’”。——这是一种新英格兰人特有的求真务实的态度——或许正是这样一种既富于浪漫理想，又不乏功利色彩的人生态度才造就了新英格兰两百多年繁荣兴盛的局面。正是在这个意义上，有评论家将爱默生视为浪漫主义理想与实用主义精神结合的完美典范，或“美国精神的化身”。

客观地说，经济方面的交往在卡莱尔、爱默生漫长的友谊中只占一小部分。他们的友谊从本质上讲还是两颗伟大而孤独的心灵碰撞的结果。正如卡莱尔在书信中表达的那样："只有当我们知道世间有人想念着我们，爱着我们时，这荒芜的世界才会变成人类的花园。"——《卡莱尔、爱默生通信集》就是这种爱的明证。

康科德的放纵生活

“康科德，是美国最大的一个小地方。”

——亨利·詹姆斯

20世纪20年代，在伦敦附近的布卢姆斯伯里（Bloomsbury），一帮文艺青年自发形成一个小团体，其中包括小说家弗吉尼亚·伍尔夫、E. M. 福斯特，传记作家列顿·斯特拉奇，画家瓦内萨·贝尔，经济学家凯恩斯等人；另外，哲学家罗素以及诗人T. S. 艾略特也是俱乐部常客。“布卢姆斯伯里团体”，用凯恩斯的话说，堪称“精英的聚会”：他们以其智性的品格和怀疑的精神，反抗传统，特立独行，对当时的英国社会习俗和文化模式都产生了相当影响。

与之相较，在美国当代著名小说家苏珊·契弗（Susan Cheever）近著《美国的布卢姆斯伯里》（*American Bloomsbury*，2006）中，早在19世纪50年代前后聚居在波士顿近郊康科德的一帮文人对美国国民性的改造和影响，显然更为深入、更为持久。

“康科德，”亨利·詹姆斯曾说，“是美国最大的一个小地方。”当超验主义处于鼎盛时期，先后在这里工作、生活过的文艺家包括：爱默生、梭罗、霍桑、奥尔科特父女（哲学家奥尔科特及小说家路易莎·梅·奥尔科特）、玛格丽特·富勒、皮博迪小姐；

往还此地的还有诗人惠特曼、小说家梅尔维尔、哲学家皮尔士，以及邻近城市波士顿的名流如朗费罗、洛厄尔、霍姆斯以及亨利·詹姆斯等人。短短几十年间，一大批日后被誉为“美国文学经典”的作品在这里诞生：《瓦尔登湖》《红字》《小妇人》《白鲸》《草叶集》等等。此外，还有难以计数的随笔、政论文、演讲稿、回忆录和日记。没有哪个年代，或在别的任何地方，能见到天才如此集中地爆发——苏珊·契弗引用福基博士的话说，因为天才总是相互激发，相互吸引。

小说家路易莎·梅·奥尔科特后来在《超验的放纵》（*Transcendental Wild Oates*，1873）一文中曾总结道，超验主义理想的幻灭，很大程度上是因为这个世界还未来得及做好准备。他们当中大多数人，包括爱默生在内，都具有梭罗所说的高尚思想（high thinking），却缺乏实际的才干。他们有许多改造社会的宏大计划（像爱默生所说，新英格兰人人身上都怀揣一份社会改造书），可到头来连自己的温饱都成了问题。以霍桑为例，一开始他兴致勃勃加入了里普利牧师创办的“布鲁克农庄”，对乌托邦的社团生活充满憧憬和幻想，可很快便感受到了生活的严酷和梦想的破灭。后来在爱默生襄助下，才得以“逃离”农庄在康科德居住下来。

其实受到慷慨资助的岂止霍桑一个。这一帮超验俱乐部的成员，几乎都曾不同程度地受过爱默生的恩惠。此书中有两个章节：第八章《金钱》和第九章《爱默生偿付一切》最能说明爱默生与他们——尤其是奥尔科特——的关系。

奥尔科特是著名的教育改革家，因为《与儿童谈福音书》

（1836）触犯上流社会禁忌，遭到波士顿舆论猛烈抨击，“神庙”学校被迫关闭。爱默生向他发出邀请，并代为支付全部搬迁费用，终于使得他全家在康科德安顿下来。后来，又是爱默生承担国际旅费，资助他去英国考察国民教育与社会状况。回国以后，雄心勃勃的奥尔科特在朋友帮助下，变卖家产创办“果园农庄”。滑稽的是，这一班超验主义哲学家在播种以后，成天大谈宗教道德和人性问题，最终导致颗粒无收，只好灰溜溜返回康科德。奥尔科特被迫变卖家产清偿债务。

应邀到康科德访问并居留的还有当时妇女运动的先驱、《十九世纪妇女》的作者玛格丽特·富勒。她的父亲做过国会议员，对她的学业功课要求严格，在她童年时候就逼迫她钻研希腊、拉丁等古典文学。富勒学识渊博，擅长论辩，常恨不能与歌德同时。爱默生一开始对她的倨傲不以为然，后来通过交谈，大为折服，以为并世无双。富勒也声称除了爱默生，她找不到智力上的敌手。富勒激发了爱默生对德国古典主义的热情，尤其是对歌德的热爱（她本人翻译了歌德的《谈话录》）。同时，她还与爱默生共同主编超验主义的喉舌《日晷》（1840—1844）。两人一同坐而论道，一同漫步林间，这一种亲密无间的关系，甚至引起了爱默生第二任妻子莉迪安的猜疑和不满。不久，爱默生若即若离的“冷漠”或“故意的疏远”使得心高气傲的富勒最终心灰意冷。她选择了离开，先赴纽约担任《论坛报》文学编辑，后远赴欧洲，成为美国首位派驻海外的女记者。富勒辗转于伦敦、巴黎、佛罗伦萨等地，最后来到罗马，邂逅当地一名青年贵族并秘密成婚。历经颠沛流离后决定返国，在航船即将抵达纽约港口的刹那，富勒夫妇及幼子遭遇海难，无一幸存。身在海外的爱默生闻讯后立即指示梭罗赶赴现场，结果只是收集到一些遗物而已。

和爱默生一样，梭罗也是此书的一个主要人物。他家境贫寒，通过刻苦努力完成哈佛学业，返回故乡。他在康科德文法学校担任教师，因为不满当时僵化的教学模式和体罚学生的制度，愤而辞职，与其兄长一道开办学校。他和爱默生也是一见如故，对他而言，爱默生是可亲可敬的温和长者；而爱默生也很赏识他的才气，预言他只要持之以恒，一定能成为干“大事业”的人物，并建议他由记日记入手。果然，若干年后，长达300余万字的《梭罗日记》同他的其他文学作品一样，也成为美国文学的典范之作。

就这样，梭罗在爱默生家安住下来，成为他的管家和助手。爱默生出生于牧师世家，父亲早逝，母亲独力支撑家庭。爱默生凭借自己的勤奋和父辈友人的资助，顺利完成了哈佛的学业。他的第一任妻子，是波士顿富商塔克家的小女儿爱伦。当时爱默生刚刚获得牧师的任命，意气风发，和爱伦幸福恩爱。可是爱伦家族遗传的结核病很快夺走了她20岁年轻的生命。爱默生悲恸欲绝，时常独自去墓园凭吊。有一次甚至掀开棺木，与爱伦相拥。

经过漫长的司法诉讼和判决，爱默生终于得以继承本应属于爱伦的家族遗产。这使得他摆脱了为生计而劳碌的烦恼，可以在衣食无虞的前提下自由自在地思考，思考关于宇宙人生的大问题；同时这一笔财富也使他时常能够慷慨解囊，帮助像奥尔科特和梭罗这样的朋友。

梭罗除了热爱读书，他的动手能力也很强，是爱默生一家生活的好帮手。他的父亲是铅笔创造商，他本人也进行过多项铅笔制造工艺的创造与发明。他还当过土地测量员，并且精通园艺和种植，而爱默生则可以说是不谙世事的学问家。很快，凭借自己灵巧的双手和质朴的为人，梭罗赢得了包括爱默生第二任妻子莉迪安在内的全家人的信任和喜爱。爱默生的儿子瓦尔多曾调皮地问“你是不是我爸爸？”此时，由于富勒的到访，莉迪安感到备受冷落，而梭罗的热情与关切似乎也成了她生活中最大的慰藉。尤其是在爱默生远赴英伦三岛及欧洲大陆访问期间，梭罗俨然充当了男主人的角色。

爱默生返家后，梭罗主动提出去瓦尔登湖边林地上建立一座棚屋，开始“故意过一种独处的生活”。几年后，以这一段生活为素材，他写出了《瓦尔登湖》，成为美国文学与思想史上不朽的名篇。但终其一生，与爱默生不同，梭罗从未摆脱过贫困的威胁与折磨。因为肺病发作，他在穷困潦倒中逝去，年仅45岁。爱默生在他的追悼会上说，要到若干年以后，美国人才会意识到他们失去了一个何等优秀的儿子。

此书中与梭罗关系密切的女性，除了他早年追求过的西瓦尔小姐，还有一位是路易莎·梅·奥尔科特。路易莎自幼便具有叛逆精神，曾在梭罗兄弟的学校上过课，后来将梭罗作为原型人物写入小说《情感》中——正如霍桑将具有魔力的富勒作为女主人公原型写入《福谷传奇》。路易莎先是被波士顿名编辑菲尔兹告知——她“不适合从事写作”，但源自长期生活积累的《小妇人》一炮走红，不仅奠定了她在文学界的地位，也将奥尔科特一家人从贫困境遇中解救出来。

正如富勒所言，超验主义俱乐部是一个“松散的联盟”，超验主义者之间每两个人的差异都比其他所有人的共性还要大。书中除了超验主义代表人物的性格刻画，还有不少趣闻轶事，甚至类似花边新闻的材料——这一方面增添了读者阅读的兴趣，另一方面也可以说部分地还原了历史的真实。苏珊·契弗的本意，或许像评论家宣称的，是“要给文学史撒一把无伤大雅的盐”。

相对于爱默生与富勒之间的暧昧隐私，或梭罗对爱默生夫人的暗恋情结，作者笔下的霍桑简直是个登徒子——他对富勒一直孜孜以求，但本质不过是逢场作戏；同时他还向皮博迪小姐公开示爱，而私下已与其姊妹索菲娅订立婚约。这样一个风流人物，今日读者恐怕很难将他与《好小伙布朗》《教长的黑面纱》等阴郁顿挫的小说作者联系起来。

与之相反，梭罗的形象则要明快得多。梭罗 19 世纪 50 年代曾出版《康科德和梅里马克河上一周》，该书刊印 1000 册，可是售出寥寥无几，其余的他只好抱回家收藏在阁楼之上。“我家有个图书馆，”梭罗以冷峻的语气调侃说，“其中绝大部分书都是我自己写的。”另外，谈到梭罗因为拒交人头税而被判入狱，作者考证当时的治安官是梭罗的朋友，情愿替他代为交纳却遭到严词拒绝。据说当爱默生前来探望时曾责怪他：“为什么要到里面去？”不料梭罗却大声回答：“你为什么还站在外头？！”最有趣的一则轶事，是梭罗临终时，家人要他忏悔，劝他与上帝和解。他却半开玩笑地说：“不记得曾经和上帝争吵过。”

没有历史，爱默生在他的演讲里说，有的只是传记。契弗的这部作品，既不是正经八百的文学史，也不能算是完全虚构的小说类（fiction），事实上可以说是介乎两者之间亦文亦史、亦庄亦谐的八卦类掌故与传奇，正好迎合了一部分好古猎奇却无暇细究的现代读者的口味。倘若因为这本书激发出的兴趣能促使读者去阅读更多超验主义代表人物的传记，则作者恐不免要喜出望外了。